Aus dem Kopf gefallen

HERBERT LUDWIG

Aus dem Kopf gefallen

Bibliografische Information der Deutschen Nationalbibliothek
Die Deutsche Nationalbibliothek verzeichnet diese Publikation in der
Deutschen Nationalbibliografie; detaillierte bibliografische Daten sind
im
Internet über http://dnb.d-nb.de abrufbar.

© 2012 Herbert Ludwig
Herstellung und Verlag: Books on Demand (BoD) GmbH,
Norderstedt
ISBN 978-3-8448-0044-9

INHALT

Erklärung

Um das gleich zu klären: Hiermit soll nicht erklärt werden – wie das z.B. bei Diplom- oder Doktorarbeiten gefordert wird – dass das Nachfolgende ohne fremde Hilfe zustande gekommen ist. Obgleich es um ein Zustandekommen geht, nämlich um das des Titels.

Ich vermute, in eher seltenen Fällen steht der Titel vor dem Inhalt fest. Mit anderen Worten, der Autor weiß genau, über was er zu schreiben gedenkt bzw. er schreibt die eigentliche Erzählung, den Roman um den Titel herum, den er sich unvorsichtigerweise selbst vorgegeben hat. Gerade bei einer Ansammlung von Kurzgeschichten ist das in der Regel anders. Es sei denn, diese einzelnen Geschichten beziehen sich allesamt auf ein bestimmtes Thema.

Nachdem es sich in dem vorliegenden Bändchen um eine kunterbunte Mischung von Episoden aus einem Leben handelt, das von Anfang geprägt war von einer Liebe zu den Bergen, einem späteren Faible für die Schauspielerei und einer generellen Freude am Beobachten, an Freiheit, Reisen und Abenteuern, könnte man den Titel wohl damit in Verbindung bringen: Es sind Geschichten, die mir so nach und nach und durchaus nicht in der Reihenfolge, wie sie hier zusammengestellt wurden „aus dem Kopf gefallen" sind. Indem ich das niederschreibe, kommt mir gerade der Gedanke, dass „Kunterbunt" eventuell auch eine Titelmöglichkeit gewesen wäre.

Tatsächlich aber habe ich in meiner verzweifelten Suche nach einer passenden Überschrift Anleihe genommen bei einem Kollegen aus der Theaterszene, der diesen Ausspruch getan hat. Wenn Sie aufmerksam genug sind, so werden sie ihn sicher im Laufe der Lektüre entdecken.

Prestige

Sie war als Aupair in England, mein schwarzäugiges, schwarzhaariges und auch ansonsten sehr hübsches Mädchen, in das ich so sehr verliebt war. Und die unüberbrückbare Entfernung tat das übrige, um das sehnsüchtige Verliebtsein noch zu steigern. Einmal hatte ich sie besucht, im Februar. Die Familie, bei der ihre hauptsächliche Aufgabe darin bestand, die beiden Kinder zu hüten, machte auf mich einen ausgesprochen angenehmen Eindruck. Bereits als ich den Besuch plante, wurde ich davon überrascht, dass in einem der Briefe stand, ich solle mir einen Internationalen Führerschein besorgen, dann würde man uns eines der beiden Familien-Autos leihen. Es war gerade ein halbes Jahr her, dass ich den Führerschein bestanden hatte, ich selbst besaß zu diesem Zeitpunkt noch gar kein eigenes Gefährt und dann noch die Umstellung auf Linksverkehr! Von dem Mut dieses Menschen bin ich noch heute tief beeindruckt.

Und nun war ich ausersehen worden, an einer Andenexpedition teilzunehmen. Gegen einen solchen Köder konnte nicht einmal die große Liebe etwas ausrichten. Aber sehen wollte ich sie natürlich noch einmal, mein Maidli. Ostern stand vor der Tür und das bot sich geradezu an, ein paar Tage mit ihr zusammen zu verbringen. Außerdem hatte mein Bruder, der als Fotograf in einem Dubliner Fotostudio angestellt war, uns eingeladen, ihn doch in Irland zu besuchen.

Nun war meine Schwarzhaarige allerdings nicht allein nach England gegangen, sondern zusammen mit einer gleichaltrigen Freundin. Sie hatten sich gegenseitig moralisch unterstützt, wenn das Heimweh sie aus der Bahn zu werfen drohte oder es Probleme mit der Gastfamilie gab, mit einem Wort, sie waren unzertrennlich. Und das galt natürlich auch für unseren Irlandausflug.

Auch bei meinem ersten Besuch wurde ich von beiden am Londoner Bahnhof in Empfang genommen. Und da wurde ich mit einem typisch englischen Phänomen vertraut gemacht: Der unglaublichen Leichtigkeit des „Hitchhikens", wie das Per Anhalter Fahren hier heißt. Das Wiedersehen musste natürlich erst einmal in einem Pub gebührend gefeiert werden. Meine beiden Damen waren in einer kleinen Ortschaft ca. 40 km außerhalb von London zuhause. Als der Zeiger der Uhr sich allmählich auf 21 o'clock zu bewegte, schien mir deshalb die Frage nicht unberechtigt, ob es denn um diese Zeit noch eine Zugverbindung zu ihrem Kaff gäbe. Die Mädchen schauten mich amüsiert an und sagten „Nein" und dass dort überhaupt kein Zug hinfahren würde. Also dann Bus? Ja, aber da sei der Letzte längst weg. Nun wäre ich einer Melange à trois in einem Londoner Hotelzimmer nicht prinzipiell abgeneigt gewesen, aber das war in meinem knapp kalkulierten Finanzplan nicht vorgesehen. „Wir hitchhiken", eröffneten sie mir lächelnd, als sei das das Natürlichste der Welt.

Wir waren zu dritt, was immerhin schon eine gewisse Einschränkung für die Möglichkeit des Mitgenommen-Werdens bedeutet, aber damit nicht genug, ich war ja schließlich nicht in Hemd und Hose gekommen, sondern führte einen mittelgroßen Koffer und eine Gitarre mit mir. „Plant ihr separates Hier-Wegkommen oder wie stellt ihr euch das vor?" wollte ich deshalb von meinen beiden Begleiterinnen wissen. „Aber nein, das klappt schon, wirst sehen", versuchten sie mich zu beruhigen und schienen dabei in keiner Weise beunruhigt. Dann führten sie mich zur U-Bahn und wir fuhren ein Stück in die Außenbezirke. Gleich neben der U-Bahn Station postierten sie sich am Straßenrand – ich hätte wegen des ungewohnten Linksverkehrs natürlich auf der falschen Straßenseite mein Glück versucht – und wir waren noch keine 5 Minuten dort gestanden, als ein junger Mann auf den nach oben gereckten Daumen reagierte. „Well, where do you want to go?" „Stokenchurch." „Ah well, Stokenchurch, that's where you're heading for, is it?" bemerkte er etwas zögerlich. Und dann sagte er: „Alright, get in." Ich konnte es zwar nicht glauben, aber es war tatsächlich so – ein Glücksfall, wie ein Lottosechser, unter diesen Umständen, angesichts dieser Uhrzeit und dann auch noch in die Richtung dieses abgelegenen Kaffs!

Als er uns tatsächlich in Stokenchurch abgeladen hatte, lud er uns noch in das ortsansässige Pub auf einen Drink ein und dann gestand er uns – ganz nebenbei – dass er eigentlich auf eine Party müsse, die ungefähr im Winkel von 90° angesiedelt war. Aber letztlich sei er ganz dankbar für diesen Umweg, denn im Prinzip sei er gar nicht scharf auf diese Typen dort.

Ausgestattet mit dieser unglaublichen Erfahrung, ließ ich meine beiden Mädchen denn vor meiner Abreise auf die Insel wissen, dass ich die Anreise nach Holyhead, dem Fährhafen nach Irland, allein unternehmen wollte. Ich würde in London in einem YMCA übernachten und dann direkt von dort die Strecke nach Holyhead alleine hitchhiken. „Aber mit uns kommst du doch viel leichter weg", versuchten sie mich zu überreden, doch gemeinsam von Stoken-church aus zu starten. Gerade das aber hatte meinen Ehrgeiz angespornt. Ich wollte mich nicht der Lockungen weiblicher Reize auf den vorüber fließenden Autoverkehr bedienen! Und wer weiß, vielleicht waren ja auch Autofahrer**innen** unterwegs.

Gewitzt durch unser erstes gemeinsames Trampen, machte ich mich schlau, welche U-Bahn mich möglichst weit in die einzuschlagende Richtung bringen konnte. Als Bergsteiger daran gewohnt, früh aufzustehen, reckte ich meinen Daumen in eine frühe, sonnige Morgenstunde. Angler werden nachempfinden können, was das für ein Gefühl ist: Man fixiert den heranrollenden Verkehr, taxiert von weitem bereits den Wahrscheinlichkeitskoeffizienten für erfolgreiches Ködern, wie viele Passagiere beherbergt das Fahrzeug schon, handelt es sich um einen Mittelklassewagen mit einem Fahrer, der für mein Anliegen aufgeschlossen sein könnte oder aber um eine Luxuskarosse mit einem Snob am Steuer. Und dann, so wie wenn es an der Schnur des Anglers unversehens zupft, bremst einer der Vorbeifahrenden kurz, um sich dann doch anders zu entscheiden. Manchmal bekommt man ein aufmunterndes Handzeichen, das aber gleichzeitig andeutet, dass er oder sie gleich um die Ecke zuhause seien und sich somit die kurze Strecke für mich nicht rentieren würde. Tatsächlich kann ich mich dem Anglerfieber gar nicht lange hingeben, denn bald bremst es wirklich und ein freundlicher älterer Herr scheint sich beinahe so zu freuen wie ich. Es stellt sich geradezu die Frage, wer hier wen geangelt hat. Es ist keine besonders große Entfernung, die wir beide gemeinsam reisen, aber für ihn war es eine willkommene Weile der Unterhaltung und für mich ein bestätigender Start, dass ich auch ohne lange Haare und Rock nicht auf der Strecke bleiben würde.

Es waren durchweg nette Menschen, die auf meine bittende Handgeste ihren Fuß auf das Bremspedal verfügten. Sie bemühten sich, wenn ihnen mein dürftiges Englisch bewusst wurde – anders als zum Beispiel Franzosen – langsam und artikuliert zu sprechen und wir hatten ausgesprochen erfreuliche Gespräche. Kurz vor Wales wurde ich sogar in ein abseits gelegenes, herrlich romantisches Gasthaus, das vermutlich nur Insidern ein Begriff war, zum Essen eingeladen. In Wales dann hatte ich eine kleine Durststrecke. Der Verkehr floss hier auch relativ spärlich. Das konnte aber meine gehobene Stimmung in keiner Weise trüben. Das Wetter gebärdete sich immer noch recht freundlich, ich war meinem Ziel schon unerwartet nahe und – mit ein bisschen Glück – würde ich mein Mädchen in ein paar Stunden in den Arm nehmen können. Und dann tauchte etwas ziemlich Großes, Schwarzes hinter der letzten Kuppe auf. Nein, ich hatte mich nicht getäuscht, da rollte ein leibhafter Rolls Royce in geradezu royal vornehmer Langsamkeit auf mich zu. Ich bemühte mich nicht einmal, meine Hand zu heben. Aber wir verstanden uns auch so! Der Rolls rollte aus und kam genau vor mir zu stehen. Nein, nach Holyhead fahre er nicht, aber ein Stück weit könne er mich schon mitnehmen. Das wollte ich wahrlich gerne wahrnehmen. Ich bemühte mich sogar, meine Redeweise der Situation anzupassen, was meinen freundlichen Mäzen vermutlich noch mehr amüsiert haben dürfte.

Sonderlich weit waren wir noch nicht gekommen in unserem unauffälligen, unhastigen Tempo – da erkannte ich vor uns am Straßenrand zwei weibliche Wesen. Ja, sie waren es tatsächlich. Ich wies auf die beiden und erkundigte mich bei meinem vornehmen Chauffeur, ob er es mir verübeln würde, wenn ich ihm meine Gesellschaft zugunsten der beiden Damen entzöge. Mit verständnisvollem Lächeln willfahrte er meinem Wunsche. Wir verabschiedeten uns in Einverständnis und Höflichkeit und ich gab mir alle Mühe, dem Gefährt standesgemäß zu entsteigen.

Ich weiß nicht, ob ich meine Angebetete in unserem späteren gemeinsamen Leben jemals noch einmal so beeindruckt habe!

Der Traum

Das Wetter meinte es gut mit uns in diesem Herbst. Da war es kein Wunder, dass mich mein Kletterpartner bedrängte, dass man das ausnützen müsse. Und er wisse auch gleich ein Ziel. In den Berchtesgadenern, am Mühlsturzhorn, habe einer aus der Münchener Gilde im Frühjahr eine neue Route durch die Südwand erschlossen. Schwierigkeit im obersten Bereich und sie habe auch erst 3 Wiederholungen. Somit könnten wir uns die 5. Begehung holen.

Solche sportlichen Gesichtspunkte hatten zwar bei mir keinen allzu hohen Stellenwert, aber trotzdem bedeutete das natürlich einen zusätzlichen Reiz. Im Sommer hätte ich allerdings gleich abgewunken: Zwar war ich noch nie zuvor am Mühlsturzhorn gewesen, aber von den Fotos her wusste ich, dass die Südwand sich als ausgesprochen kompakte Mauer präsentierte, in der man sich bei sommerlichen Temperaturen wahrscheinlich die Finger verbrennen, zumindest aber jämmerlichen Durst würde leiden müssen. Aber jetzt, im September, war man wahrscheinlich froh, wenn einem die Sonne die von der Kühle des frühen Morgens klammen Glieder etwas aufheizte. Denn angesichts der Kürze der Tage war es auf jeden Fall angeraten, möglichst früh einzusteigen. Immerhin war die Zeit für eine Begehung mit ca. 10 Stunden veranschlagt.

Wir waren insgesamt zu sechst: Mein Seilgefährte Obstler – und beide hatten wir unsere Bewunderinnen mitgebracht – sowie 2 Freunde, die eine Route am benachbarten Grundübelhorn klettern wollten. Der Obstler hieß natürlich nicht wirklich Obstler sondern Obster und mit Vornamen Reinhold, aber seltsamerweise hielten wir uns zu dieser Zeit bei der Kommunikation nahezu ausschließlich an die Familiennamen. Auch wenn diese dann, wie im vorliegenden Fall, gelegentlich einer kleinen Modifikation unterzogen wurden. Bei mir selbst ging diese allerdings über eine Verballhornung meines eigentlichen Namens weit hinaus: Wegen meiner damals noch kräftig roten Haarpracht, war ich im ganzen Gebirge nur als der „Rote" bekannt.

Von der Ramsau bei Berchtesgaden gibt es ein Sträßchen nach Weißbach im österreichischen Saaletal. Heute wird man am Hintersee kurz hinter der Ramsau durch ein Fahrverbotsschild ausgebremst. Ob das damals auch schon so war und wir es einfach ignorierten hatten oder ob man sich damals noch freizügiger bewegen durfte, vermag ich nicht mehr zu sagen. Mir scheinen beide Varianten wahrscheinlich. Jedenfalls parkten wir unsere Autos in der Nähe einiger Alm- und Forsthütten, von wo aus unser Aufstieg anderntags starten würde. Das Wetter meinte es wahrhaftig gut mit uns. Es war kaum zu befürchten, dass sich die Wärme des Tages in Temperaturen nahe dem Gefrierpunkt wandeln würde. Und so verzichteten wir auf das Zelt und legten für die Nacht die Schlafsäcke lediglich auf den Luftmatratzen aus. Unter den Bäumen waren wir vor dem Tau geschützt und so eine Nacht im Freien, ohne das einengende Zeltdach, hat doch einen ganz anderen Reiz: Eingehüllt in den Duft der Fichten und Lärchen lauscht man viel unmittelbarer den Geräuschen des nächtlichen Waldes und wenn man irgendwann die Augen aufmacht, funkeln die Sterne durch ein Loch im Nadeldach.

Mit der ersten Andeutung von Helligkeit schlupfen wir aus den Schlafsäcken, Teewasser auf dem treuen Enders-Kocher, ein Wurstbrot, nach mehr gelüstet es mich zu so früher Stunde gar nicht. Es fällt kein Wort, jeder ist mit seinen eigenen Gedanken beschäftigt, muss erst noch die Schläfrigkeit abschütteln. Unsere Mädchen schlummern noch fest und so stören wir sie auch nicht in ihren Träumen. In den Rucksäcken sind die Kletterutensilien, 2 Seile, der Biwaksack, Stirnlampen und ein Minimum an Essbarem. Dazu eine Büchse Grapefruitsaft für den Durst.

Der Anstieg durch den lichten Bergwald ist steil und mühsam. Einen Weg gibt es nicht, hie und da ein Jägersteig oder ein Wildwechsel, im Wesentlichen müssen wir uns aber auf unser Gefühl verlassen. Als wir endlich den Blick frei haben auf das Ziel unserer Begierde, sind wir auch ein bisschen zu weit rechts, aber der Einstieg, auf den wir zuhalten müssen, scheint relativ klar. Das ist immerhin ein großer Vorteil. Es bleibt aber auch kaum eine andere Möglichkeit, denn die Wand ist wirklich beängstigend glatt und kompakt. Somit kommt eigentlich nur die eine, durch den unteren Plattengürtel führende Rissspur in Frage. Und diese Einschätzung stellt sich als richtig heraus.

Mit großer Freude konstatiere ich, dass uns am Einstieg noch ein letztes Mal ein breiter flacher Fleck mit einem dürftigen Latschenboschen erwartet. Denn nichts hasse ich mehr, als wenn man sich schon zum Anseilen krampfhaft irgendwo festhalten muss. Somit kann auch unser Ritual, wer die erste Seillänge gehen darf, problemlos ausgeübt werden. Das bedeutet im ausführlichsten Fall: 3xKnobeln, dann Platzwechsel und Wiederholung, bei Einstand noch einmal 3x auf „neutralem Platz". Da spielt Psychologie eine beachtliche Rolle. Wenn z.B. beide am Anfang „Papier" produzieren, würde der Gegner im zweiten Durchgang vielleicht „Schere" wagen, was einen „Stein" meinerseits erfordern würde, oder würde er es gar noch einmal mit „Papier" versuchen? Ich gewinne klar in 2 Durchgängen, ohne auch nur den neutralen Platz in Anspruch nehmen zu müssen. Allerdings bin ich mir gar nicht so sicher, ob ich mich darüber freuen solle, denn diese Einstiegsseillänge scheint es in sich zu haben: Zuerst entlang der Rissspur, die durch eine ansonsten völlig glatte Felsformation führt, danach eine kurze überhängende Passage, die auch nicht gerade mit Griffen und Tritten gesegnet scheint. Das ganze ist wirklich so schwer, wie es aussah. Hinzu kommt, dass die vorhandenen Haken keinen übermäßig vertrauenerweckenden Eindruck machen. Ich bin jedenfalls heilfroh, als ich endlich den dürftigen Stand, aber wenigstens ausgestattet mit 2 soliden Sicherungen, oberhalb der überhängenden Stelle erreicht habe und meinem Freund das „Nachkommen" Kommando hinunter rufen kann.

Der nachtkalte Fels hat die Finger anfangs noch recht klamm werden lassen. Jetzt sind sie warm und durchblutet, insgesamt bin ich bereits kräftig ins Schwitzen gekommen. Nach weiteren 3 Seillängen werden wir das erste Mal von der Sonne gestreift. Und die bleibt uns für den Rest der Route treu. Das Wetter meint es deutlich zu gut mit uns. Und die Kletterei führt ausschließlich über plattige Wandstellen, keine Nische, kein Kamin, kein Standplatz unter einem ausladenden Überhang, die uns wenigstens für kurze Zeit eine schattige Verschnaufpause gegönnt hätten. Schon weit im oberen Drittel, bietet sich mir im Vorstieg ein breiter, etwas überdachter Riss, in dem ich zumindest den Kopf für eine

Weile kühlen kann. Wir sind ausgedörrt und unsere einzige Flüssigkeit ist die Grapefruitbüchse im Rucksack. Wenn wir die entjungfern, so bedeutet das allerdings, dass wir sie auch austrinken müssen und danach endgültig auf dem Trockenen sitzen. Insofern schieben wir das Entjungfern so lange wie möglich hinaus.

Ein Lob an dieser Stelle dem Herrn ehemaligen Umweltminister Trittin! Mit der Einführung der Plastikflaschen mit Schraubverschluss wurde diesem Übel Abhilfe geschaffen. Abgesehen davon, dass die Verpackung ein Minimum an Gewicht aufweist.

Wir sind froh als wir endlich die letzte schwere Seillänge hinter uns haben und zu der Kaminreihe hinüber queren können, von der wir wissen, dass dort eine Abseilpiste eingerichtet ist. Die Hitze ist einer angenehmen Kühle gewichen, die Sonne hat sich schon seit einiger Zeit verabschiedet. Aber der Durst brennt uns unerbittlich in der Kehle.

Es ist bereits finster, als wir das letzte Mal die Seile abziehen und die Anspannung von uns abfällt. Jetzt noch gut durch den dunklen Wald hinunter finden, dann würden die uns seit Stunden verfolgenden Bierträume wahr werden! Die Mädchen hatten schließlich den ganzen Tag Zeit gehabt, für ihre ausgedörrten „Helden" ein angemessenes Quantum dieser bräunlichen Flüssigkeit zu besorgen. Sicher hatten sie auch daran gedacht die Fläschlein im nahen Bach zu kühlen. Aaah, der Klang, wenn der Kronenkorken vom Flaschenmund springt, der erste genussvolle Schluck, ein kurzes weihevolles Absetzen und dann einfach laufen lassen!

Endlich, der Lichtschein des kleinen Feuers beim Lager. Unsere Begleiterinnen springen auf, als sie uns hören, laufen uns noch die restlichen Meter entgegen. Eine erste Umarmung und dann die folgenschweren Worte: „Wir haben auch schon einen Tee für euch gekocht!"

Die Träume zerplatzen wie Seifenblasen. So muss sich ein Verdurstender in der Wüste fühlen, wenn ihm schließlich klar wird, dass der verlockende See am Horizont lediglich eine Fata Morgana war.

Meine Reaktion muss entsprechend gewesen sein. Denn meine Begleiterin wollte mir anderntags wortlos den Verlobungsring zurückgeben.

Wie ich Schauspieler wurde

„Und warum sind Sie nicht Berufsschauspieler geworden?", fragte mich die Reporterin der Süddeutschen Zeitung, als sie die Regisseurin und einige der Darsteller zu einem Interview im Anschluss an die Premiere des „Brandner Kaspar" gebeten hatte. „Weil mir der Spaß und die Freiheit, eine Rolle annehmen oder ablehnen zu können, mehr wert ist", soll ich geantwortet haben. So steht es zumindest in der Kritik. Ja, den Boandlkramer hatte ich schon gerne angenommen, vor allem auch, weil ich zusammen mit der Regisseurin als Liesl Karlstadt schon einmal einen, wie ich meine und wie die Kritik gleichermaßen euphorisch meinte, recht gelungenen Valentinabend zuwege gebracht hatte.

Natürlich wären da noch eine ganze Reihe von anderen Gründen anzuführen, um die eingangs zitierte Frage erschöpfend zu beantworten. Zunächst einmal war ich in keiner Weise vorbelastet: Mein Vater war für den Einkauf von Karbidlaternen beim Bundesbahnzentralamt verantwortlich und die Mutter ging ganz in der Rolle als Hausfrau und Mutter auf – wie sich das damals noch gehörte. Zwar konnte der Vater durchaus mit seinen Geschichten eine Gesellschaft unterhalten, aber er war nie auf einer Bühne gestanden, hatte keinen Wildschütz gespielt und keinen Freischütz gesungen. Ich selbst hatte keinerlei Ambitionen beruflich in irgendeine künstlerische Rolle zu schlüpfen. Und wenn ich sie denn gehabt hätte, so wäre das bei meinen Eltern mit Sicherheit auf wenig Gegenliebe gestoßen. Selbst als ich endlich als Diplomingenieur doch etwas Rechtschaffenes geworden war, redete mir mein Vater immer wieder gut zu, eine gesicherte Beamtenlaufbahn anzustreben. Er, der Beamte, der beinahe jeden zweiten Abend über Unfähigkeit in der Hierarchie, mangelnde Flexibilität und intrigantes Verhalten der Kollegen in seiner Behörde schimpfte!

Bei intensiverem Nachdenken fällt mir ein, dass man mir doch schon einmal in frühester Kindheit schauspielerisches Wirken anvertraut hatte: Den Josef im schulischen Krippenspiel hatte ich – trotz meines damals noch sächselnden Dialekts – verkörpern dürfen. Und bei der Erstkommunion in unserer Dorfkirche war ich unumschränkter Star, vermutlich, weil ich der einzige war, der den heiligen Text annähernd hochdeutsch vortragen konnte. Aber das alles weckte in mir nicht den Wunsch, mich fürderhin auf einer Bühne zu produzieren.

Im „Rampenlicht" bewegte ich mich dann später doch in gewisser Weise. Seit meinem 10. Lebensjahr zog ich und zog es mich in die Berge, und dort nicht nur auf gemütliche Wanderwege, sondern auf ausgesetzte Grate und in senkrechte Wände. Kletterer sind von Natur aus eine etwas wildere und wagemutigere Kategorie. Und so waren die Hüttenabende auf ausgesprochenen Kletterhütten meist auch von einem anderen Liedgut geprägt als auf der „normalen" Bergbehausung. Was aber hier wie dort zu beobachten war: Es gab meist immer nur einen, der ein Instrument beherrschte und auch über ein entsprechendes Repertoire verfügte. Und manchmal gab es eben gar keinen. Liedtexte hatte ich schnell aufgeschnappt und die wichtigsten Gitarrengriffe für die Begleitung waren auch nicht allzu schwer zu lernen. Und so wurde ich ganz automatisch gelegentlich zum Star des Hüttenabends.

22

Ehe ich zu einem Bühnenstar wurde, gingen indes einige Jahrzehnte ins Land – und es bedurfte der Starthilfe eines Studenten. Es war an unserer Fachhochschule und in unserem Studienzweig ungeschriebenes Gesetz, dass das 5. Semester für die Ausrichtung der Weihnachtsfeier verantwortlich zeichnete. Da wurden dann Dias von den Vermessungsübungen oder sonstigen gemeinsamen Unternehmungen gezeigt, die besonderen Macken der Professoren imitiert oder – leider – Anleihen bei den diversen Quiz- und Ratesendungen des Fernsehens genommen. Einmal geschah es dann, dass der Hauptverantwortlich zu mir kam und mich fragte: „Herr Ludwig, würden Sie in einem kleinen Theaterstück einen mutigen Herzog spielen?" Um, nachdem ich nicht gleich Begeisterung geheuchelt hatte, schleunigst hinzuzufügen: „Alle anderen haben schon zugesagt." Das hat er natürlich zu „allen anderen" auch gesagt und so jeden aus dem Kollegium für sein „Theaterstück" gewonnen.

Dass ich Theaterstück apostrophiert habe, kommt nicht von ungefähr. Wir bekamen den Text erst 10 Minuten vor der Aufführung – und es war der komplette Nonsens. Man wollte einfach einmal über uns Professoren lachen und das wurde damit zur vollen Zufriedenheit erreicht. Dass ich meinen Text dann auch noch auf sächsisch ablieferte, wirkte sozusagen als Sahnehäubchen. Nun gab es aber bei uns einen Kollegen, der tatsächlich schon seit längerem an einem kleinen Privattheater tätig war. „Sag mal, du hast ja ausgesprochen Talent. Hättest du nicht Lust einmal bei uns zu spielen. Uns fällt nämlich der Prof. Crey in der Feuerzangenbowle aus und wir suchen einen Ersatz."

„Nun ja, warum nicht", ist schnell dahin gesagt. „Ich habe aber keine Ahnung, ob ich das kann, wie das mit dem Text-

Lernen und dem Lampenfieber ist", habe ich dann doch noch hinterhergeschickt.

Zunächst wurde einmal eine Leseprobe vereinbart, was mir auch sehr vernünftig erschien. Als dafür endlich ein Termin gefunden war, fand ich mich mit gemischten Gefühlen in dem Theater ein und dort das restliche Ensemble samt Intendanten vor. Ich wurde vorgestellt und dann plauderte man angeregt über alles Mögliche, während ich geistig ganz auf meine Lesepremiere programmiert war. Davon aber sprach niemand. Bis schließlich der Intendant nach etwa einer halben Stunde meinte: „Gut wäre halt, wenn wir einmal eine Leseprobe machen könnten." Als ich zu verstehen gab, dass ich mich eigentlich zu diesem Zweck heute hier eingefunden hätte, war man rundum begeistert. Allerdings gab es kein Textbuch.

Spätestens zu diesem Zeitpunkt hätte ich merken müssen, dass es keine chaotischere Institution als ein Theater gibt. An dieser Erfahrung hat sich über gut 20 Jahre hinweg nichts geändert. Dass ausgerechnet ich, der von Berufs wegen mit Millimetern hantierte, für den Präzision und Kontrolliertheit oberstes Gebot waren und der seine Ergebnisse mit statistischen Fehleraussagen zu untermauern gewohnt war, das über so einen langen Zeitraum ausgehalten habe, ist mir selbst ein Rätsel!

Um es kurz zu machen: Die missglückte Leseprobe wurde in einem Privatissimum mit dem Regisseur nachgeholt, meine erste Probe absolvierte ich 1 Woche vor der Wiederaufnahme-Premiere, die Generalprobe fand 3 Stunden vor der eigentlichen Vorstellung statt und das Vertrauen des Regisseurs in mich und diesen Vorbereitungsablauf war vollauf gerechtfertigt: Bei der Generalprobe habe ich den Heidelbeerwein, den ich in ein Glas schenken sollte, noch verschüttet. Bei der Vorstellung waren meine Hände ruhig wie bei einem Profikiller!

Mediziners Traum

Es war noch nicht lange her, dass ich von München nach Würzburg übersiedelt war. Um genau zu sein: In die Umgebung von Würzburg. Tatsächlich hatte ich auf einem Dorf, unter normalen Verkehrsbedingungen nur 15 Minuten von der Stadt entfernt, einen ansprechenden Platz für unser Häuschen gefunden. Und dass ich von „Ich" und nicht von „Wir" spreche ist nicht ausschließlich auf meine egozentrische Veranlagung zurückzuführen. Tatsächlich habe ich die Familie erst nachgeholt, als das bewusste Häuschen bezugsfertig war, auch wenn es – insbesondere an den Außenanlagen – natürlich noch viel zu tun gab.

Es war Mitte April, als das Speditionsfahrzeug mit seiner Last endlich vor unserer Haustür stand. Eine herrliche Zeit in unserem Dorf, wo die Grundstücksgrößen noch weit über den Handtuch-Parzellen von Reihenhäusern in städtischen Gebieten liegen. In allen Farben grüßen liebevoll gepflegte Blumenbeete und kaum ein Grundstück, das nicht mehrere Obstbäume beherbergt. Auch wir wurden beim Kauf unseres Areals mit einem uralten Apfelbaum beschenkt, der nicht nur im Frühjahr wunderschön in Weiß und Rosa erblüht, sondern uns auch mit zwar kleinen, aber vom Geschmack her köstlichen Äpfeln versorgt, wie man sie in keinem Supermarktregal mehr findet. Eine Eigenheit hat er allerdings, unser Freund: Jedes zweite Jahr nimmt er sich eine Auszeit. Ob er das von Anfang an getan hat oder es sich um eine Altersschwäche handelt, kann ich gar nicht mehr sagen.

Begeisterung rief bei uns Großstädtern auch die Nähe zum Wald hervor, wobei der Laubwald bei weitem überwiegt. Das frische Grün der Buchen und die Lichte im Vergleich zu einem düsteren Fichtenbestand haben schon einen besonderen Reiz. Hinzu kommt aber, dass in dieser Region der Waldboden im Frühjahr – wie nach einem Schneefall – im Weiß einer Unzahl von Annemonen leuchtet.

Unser Nachwuchs wurde nolens volens zu ausgedehnten Spaziergängen gelockt, gezwungen, geschleppt, wenn weder locken noch schleppen erfolgreich war, joggte ich allein über einsame Waldwege und natürlich war ich in meiner freien Zeit damit beschäftigt, unseren Außenanlagen ein ansprechendes Aussehen zu verleihen. Und das meistens nur mit einer Turnhose bekleidet.

Da war es beinahe unausweichlich, was mir schon bald widerfuhr: Eine – vermutlich weibliche – Zecke hatte meinem verführerischen Schweißgeruch nicht widerstehen können und sich an meinem Bauch festgebissen. Ich versuchte meinen ungebetenen Gast mit Alkohol und Rasierwasser zu betäuben, was aber schlichtweg ignoriert wurde.

Im Laufe meines inzwischen ganz schön langen Lebens habe ich mindestens 10 verschiedene Theorien-Phasen bezüglich der einzig erfolgreichen Methode des Entfernens von Zecken erlebt. Das fing an mit dem Aufträufeln von Salatöl, später Wachs und hörte auf mit dem Herausdrehen im Gegenuhrzeigersinn. Dazwischen wurden auch Kombinationen der verschiedenartigen Vorgehensweisen gehandelt wie „zuerst Salatöl und dann Gegenuhrzeigersinn" oder Ähnliches. Es versteht sich von selbst, dass für das Herausdrehen eine eigens dafür entworfene Zeckenzange zum Einsatz kam. Zecken sind aber nicht nur hinterlistig, sondern nebenbei offenbar auch noch intelligent. Sie nutzen nämlich für ihre Überfälle in der Regel strategisch ausgesucht ausgeklügelte Terrains. Kein Zeck ist so dumm, dass er sich einfach auf einem Unterarm oder auf der Vorderseite des Oberschenkels festbeißt, also Stellen, an denen man ihn nicht nur sofort entdeckt, sondern die es dem Opfer auch auf einfache Weise ermöglichen – mit welcher Theorie auch immer – dem Angreifer zu Leibe zu rücken. Nein, was ein erfahrener Vertreter seiner Spezies ist, weiß, dass man am Rücken, am hinteren Ende der Achselhöhle oder gar zwischen den Pobacken zwar mit Hilfe eines Spiegels den Terroristen ausmachen aber niemals allein auszuschalten in der Lage wäre. Insofern bin ich im Falle eines solchen Anschlags immer gleich zum Arzt gegangen.

Nach all dem Theoriengerangel war ich nicht schlecht erstaunt, als der Herr Doktor das letzte Mal mit einer ganz normalen Pinzette den Übeltäter weder links noch rechts drehend, sondern ganz geradlinig aus mir herausgezogen hat. Als er meine Zweifel an seiner Zeckenkompetenz bemerkte, erläuterte er mir, dass man inzwischen als ultimativer Theorie bei der Geradlinigkeit gelandet sei!

Aber kehren wir zurück zum konkreten Fall: Der vermutlich weiblichen Zecke, welche, betört durch meinen Schweißgeruch, sich in mich verbissen hatte. Zwar hatte sie sich – entgegen aller Zeckenregeln – an einem mir leicht zugänglichen Ort, kurz oberhalb des Bauchnabels, mit mir vereinigt, aber, wie bereits erwähnt, konnten sie meine Betäubungsversuche mit Alkohol und Rasierwasser nicht im Geringsten beeindrucken. Schließlich beschloss ich, doch ärztliche Hilfe in Anspruch zu nehmen. Und nachdem sich um meine aggressive Verehrerin rote Kreise gebildet hatten, suchte ich nicht einfach Hilfe beim Hausarzt, sondern begab mich in das Wartezimmer eines Hautarztes.

Als ich endlich ins Sprechzimmer gerufen wurde, sah ich mich einem älteren Herrn gegenüber, der, wie ich später erfuhr, im letzten Jahr seine alteingesessene Praxis führte. Dies mag erklären, dass er keinerlei Eile an den Tag legte, sich mit mir medizinisch zu befassen. Dafür begutachtete er mich lächelnd von oben bis unten und kam schließlich zu dem Schluss: "Wissen Sie eigentlich, dass Sie aussehen wie der Sepp Maier?" (Für nicht ganz so sportlich Versierte oder sehr jugendliche Leser: Das war unser Nationaltorwart zwischen 1966 und 1979). „Ja, ja", war meine Antwort, „das ist mir schon öfters gesagt worden. Wobei es im Wesentlichen davon abhängt, ob jemand eher sport- oder kulturbegeistert ist. Dann nämlich werde ich als Double von Karl Valentin bezeichnet. Nachdem aber der Maier Sepp wie der Valentin aussieht, kann man eigentlich gar nicht falsch liegen." Dem stimmte er lachend zu und wir ergingen uns noch eine ganze Weile in Valentin'schen Rezitationen und Erörterungen der herausragenden sportlichen Fähigkeiten des Torwarts im Trikot des FC Bayern und der Nationalmannschaft.

Schließlich wurde er sich aber doch wieder seiner Profession bewusst und fragte mich, was mich zu ihm führe. Als ich meine Vorderfront freilegte, geschah für mich Unerwartetes: Hatte ihn meine Physiognomie schon weidlich ergötzt, so kannte seine Begeisterung beim Anblick meines Bauches keine Grenzen. Seine Augen strahlten und mit unverhohlener Freude berichtete er mir, dass er darüber einstmals promoviert habe. Und ohne sein Strahlen und seine Euphorie im Geringsten zurückzunehmen, fügte er an: "Wissen Sie, dass das lebensgefährlich sein kann?"

Es fehlte eigentlich nur, dass er vor Freude auf und ab gehüpft wäre! Immerhin hat mir seine ärztliche Erfahrung bzw. Penicillin das Leben gerettet.

Verschollen

Gesamtnote 1,3 im Abiturzeugnis! Ein Wert, von dem der Vater nur hätte träumen können. Und das, obwohl er – wie später einmal seine Schwestern ausplauderten – eher unhäufig die Schulbank frequentiert hatte. Der Sohn, nicht der Vater. Jedenfalls hatte er es sich redlich verdient, sich aus diesem erfreulichen Anlass etwas Erfreuliches zu gönnen.

Für mich erfreulich: Ihn gelüstete es nicht nach einem schnittigen Automobil oder einem faulen Badeurlaub auf Barbados, sondern nach einer etwas abenteuerlicheren Unternehmung. Die Eltern hatten selbst 2 Jahre in Kanada verbracht und sie hatten einen Freund, der sich noch etwas nördlicher niedergelassen hatte, am Atlin Lake, im äußersten Norden Kanadas an der Grenze zu Alaska. Zunächst wollte er Vancouver Island entlang des West Coast Trails erkunden und sich dann für 2-3 Wochen bei besagtem Freund einquartieren. Und zwar allein.

Die Vorbereitung war weitgehend abgeschlossen, die Liste all dessen, was er mitzunehmen gedachte, mehrmals überarbeitet, weil er gemerkt hatte, dass nicht nur das Übergepäck für den Flug, sondern auch das Gewicht auf dem Buckel eine gewichtige Rolle spielen würde. Und die nötigen Finanzen hatte er auf einem Kreditkarten-Konto gebunkert, um nicht – neben den Bären – eventuellen Wegelagerern auf dem Trail mit allzu viel Bargeld im Gepäck ein verlockendes Ziel zu sein. Aus eigener Erfahrung weiß ich, dass diese Vorbereitungsphase schon gut die Hälfte des Abenteuers darstellt, darstellen kann, wenn man eben nicht bei TUI 14

Tage „all inclusive" gebucht hat. Da muss die Route ausge-
tüftelt, ein ungefährer zeitlicher Ablauf geplant werden, man
muss Ausrüstungsgegenstände, die man ursprünglich für
unverzichtbar gehalten hat, als verzichtbar deklarieren, damit der 68 Liter fassende Rucksack nicht doch aus den Näh-
ten platzt und noch tragbar bleibt. Und schließlich gilt es die
billigsten und günstigsten Transportmöglichkeiten zu eruie-
ren. Manchmal macht das soviel Spaß, dass man eigentlich
gar nicht mehr wegfahren müsste!

Aber er fuhr, unser Sohn. Das heißt, er flog, von Frankfurt
nach Vancouver. Wir hatten ihn mit den besten Wünschen
verabschiedet und ich freute mich mit ihm und an ihm, dass
er, so wie sein Vater oft und oft, voller Anspannung und
Vorfreude auf diese Reise ging.

Das Telefonieren, insbesondere aus Übersee, war damals
noch eine teure Angelegenheit. Ich weiß noch genau, als wir
1968 zu irgendeinem besonderen Familien-Anlass von den
USA aus zuhause anriefen, kostete das für 3 Minuten 14
US\$ - und damals stand der Dollar zur Mark wie 1:4! So
schlimm war es nun, gut 20 Jahre später, nicht mehr, aber
von den heutigen Tarifen war man immer noch meilenweit
entfernt. Insofern erwarteten wir auch kein „Hallo, ich bin
gut angekommen!" Aber natürlich warteten wir auf eine
erste Postkarte mit einer der unvergleichlichen Landschafts-
szenerien, wie sie für British Columbia so typisch sind,
fjordartige Meeresarme, dahinter steil aufragende Berge,
schier undurchdringbar erscheinende Wälder und im Vordergrund einen Elch!

Statt einer Postkarte kam ein erster Auszug des Kreditkar-
ten-Kontos. Von dem Konto waren 1000 Kanadische Dollar

abgehoben worden, also beinahe das gesamte Guthaben! Obwohl ich zunächst versuchte die Nerven zu behalten, vor allem, um meiner panisch entsetzten Frau ein klein wenig Zuversicht zu vermitteln, fiel mir beim besten Willen kein Grund ein, warum unser Florian sein ganzes Geld auf einmal abgehoben haben sollte. Genau das wollte er ja mit der Kreditkarte vermeiden, dass er eine große Menge Bargeld mit sich herumschleppte. Auch ich musste mir eingestehen, dass es nur eine Erklärung gab: Die Kreditkarte war in fremde Hände gelangt. Aber auf welche Art und Weise? Hatte er sie verloren, war sie ihm gestohlen worden oder war sie ihm gewaltsam entwendet worden? Und wenn ich ehrlich war, so schien die letzte Annahme die vermutlich wahrscheinlichste. Schließlich hatten wir immer noch kein Lebenszeichen von ihm.

Wie das in solchen Momenten der Ohnmacht ist, stürzt man sich ganz automatisch in Aktivitäten, selbst wenn sie wenig sinnvoll erscheinen. Mein erster Weg anderntags führte mich zur Kriminalpolizei. Ernsthaft konnte ich mir dort allerdings wenig Hilfe erhoffen. Immerhin bekam ich den Tipp, mich am besten direkt mit der kanadischen Polizei in Verbindung zu setzen und vor allem ein Foto zu faxen. Ein aktuelles Foto existierte nur in Form eines Dias. Also war mein nächster Gang in den Foto-Shop mit der dringlichen Bitte, mir schnellstmöglich einen Papierabzug zu produzieren. Gegen Abend telefonierte ich mit der Polizei in Vancouver, schilderte meine Befürchtungen und bat um eine Adresse, an die ich das Foto würde faxen können. Realistisch konnte ich aber auch dort nicht erwarten, dass man sofort nach Erhalt des Fotos eine Suchaktion in Gang bringen würde. Schließlich kontaktierte ich noch unseren Freund an der Alaskagrenze, in der vagen Hoffnung, dass unser Sohn sich dort gemeldet haben könnte – einerseits – und dass er sich zusätzlich mit den Behörden in Vancouver in Verbindung setzen würde – andererseits.

Am nächsten Tag konnte ich das Foto abholen und für teures Geld nach Kanada faxen lassen. Damit waren die Möglichkeiten erschöpft, sich mit irgendwelchen Aktivitäten abzulenken. Die Freundin! Vielleicht hatte sie Post bekommen? Es dauerte 2 Tage, bis wir sie erreichen konnten. Nein, auch sie hatte noch nichts von unserem Sohn gehört. Unsere Befürchtungen wurden immer wahrscheinlicher.

Stunden und Tage voller Angst, aber vor allem voller Hilflosigkeit. Dann der Anruf der Freundin. Eine Postkarte sei gekommen.

Gibt es ein Datum?

Nein, aber sie meine, der Poststempel sähe nach dem 2.8. aus. Das würde bedeuten, nach dem Datum der Abhebung! Momentane Erleichterung, neue Hoffnung. Aber was sollte das ganze, warum, wenn das stimmen sollte, läuft der Kerl mit 1000 Dollar in der Tasche herum? Oder hatte er in eine Goldmine investiert?

2 Tage später findet auch bei uns eine Ansichtskarte ihren Weg durch unseren Briefkastenschlitz! Damit ist endlich und eindeutig klar: Er ist noch am Leben. Eine Erklärung für die rätselhafte Abhebung gibt es aber trotz allem nicht. Er schwärmt von der Landschaft, lässt sich über das Wetter aus, aber kein Wort über Geld.

Es dauert, bis er wohlbehalten und voller vielfältiger Eindrücke bei unserem Freund in Atlin eintrudelt und wir von dort einen Anruf bekommen. Des Rätsels Lösung: Die kanadische Einwanderungsbehörde verlangte bei der Einreise nicht nur die Vorlage eines Rückflug-Tickets sondern auch noch den Nachweis einer Barschaft von 1000 Dollar. Die Kreditkarte allein genügte den kanadischen Bürokraten nicht! Unmittelbar nach der Abhebung und Präsentation des geforderten Betrages hat der Sohn das Geld wieder auf das Konto eingezahlt. Kostenpunkt bzw. Verlust: 111 DM!

Bereits am nächsten Tag lagen 3 Briefe im Briefkasten, in denen ich meinen geballten Ärger untergebracht hatte. Einer ging an die Polizei in Vancouver, einer an die kanadische Einwanderungsbehörde, einer an die deutsche Botschaft in Kanada. Überflüssig, zu sagen, dass ich von keinem der Adressaten eine Antwort erhalten habe!

Feuer

Das letzte Wohnmobil hatte mir bei ebay noch 650 € eingebracht, nachdem ich es beinahe von Sizilien aus bis ins heimatliche Franken im 4. Gang chauffiert hatte, weil das altersschwache Getriebe den 5. nicht mehr zu halten gewillt war.

Nun hatte ich meinen Schreibtisch endgültig für jemand anderen frei geräumt, hatte mich von den Hörsälen und Kollegen, der Sekretärin und nicht zuletzt unserem Techniker, zu dem ich immer ein sehr freundschaftliches Verhältnis hatte, ins Pensionärs-Dasein verabschiedet. Dass dieser Zustand sehr eng mit einem Wohnmobil verbunden sein würde, stand seit vielen Jahren fest und so begann ich die einschlägigen Inserate für „Gebrauchte" zu studieren. Zum einen ist das Angebot ins dieser Sparte, ganz im Gegensatz zum allgemeinen Automobilmarkt, ausgesprochen spärlich. Außerdem wollte mir so recht nichts gefallen. Und so telefonierte ich mit einem Freund in München, von dem ich wusste, dass er schon des Öfteren wahre Schnäppchen an Land gezogen hatte. „Also ein Neues kommt natürlich sowieso nicht in Frage", setzte ich ihm auseinander. „Doch", erwiderte er, „ich habe mir jetzt noch einmal ein Neues zugelegt. Ich habe mir überlegt, dass ich vermutlich noch ca. 15 Jahre leben werde und solang hält das Vehikel auch durch."

Das hatte mich schließlich überzeugt und nun waren wir Besitzer eines nagelneuen Campers. Und dieser war – das erste Mal in meiner Camper-Karriere – ausgerüstet mit einer Standheizung. Diese im Besonderen und die Wintertauglichkeit meiner mobilen Unterkunft im Allgemeinen galt es natürlich zu testen und so lenkte ich Ende November, kurz vor der Winterschließung, meinen Fiat-Bus auf das ca. 1900 m hohe Hahntennjoch, welches die Verbindung zwischen Lechtal und Inntal ermöglicht.

Es ist bereits dunkel, als ich mir, als einziger Übernachtungsgast, direkt auf der Passhöhe den idealen Stellplatz auswähle. Die Kriterien sind: möglichst eben, möglichst schöne und weite Aussicht und so weit von einer eventuellen Böschungskante entfernt, dass man nachts ohne Absturzgefahr sein Wasser ablassen kann.

Ein paar versprengte Wölkchen verhängen sich in den weiß verbrämten Felsen oberhalb meines Nachtplatzes, ansonsten ist es sternenklar und kalt – ideale Voraussetzungen für meinen Standheizungstest. Und sie arbeitet zu voller Zufriedenheit, die Heizung. Zunächst muss ich herausfinden, aus welchen versteckten Löchern und Nischen meiner Unterkunft ich mit einem Wärmestrom versorgt werde. Denn es macht Sinn, für eine Schnellbeheizung von Schuhen, Rotweinflasche oder sonstigen Gebrauchsgegenständen diese direkt in den warmen Luftstrom zu positionieren. Bis ich die Nudeln gekocht und das Hackfleisch mit viel Zwiebeln und Knoblauch sowie der Fertig-Tomatensauce all'Arrabbiata komponiert habe, hat der Wein die angemessene Temperatur angenommen. Dazu beschwingter Swing von der CD – ich fühle mich wie ein König! Obwohl dies ein reichlich unsinniger Vergleich ist, weil so ein armes Schwein von König wohl nie in den Genuss kommen wird, eine einsame Nacht in kalter, luftiger Höhe verbringen zu dürfen. Ich bin mir dieses Privilegs durchaus bewusst, als ich ein letztes Mal die seitliche Schiebetür öffne und in den ungetrübten Sternenhimmel hinaufstaune. Dann verkrieche ich mich in meinen Schlafsack.

Es verblüfft mich insofern doch einigermaßen, dass ich frisch gefallenen Schnee von 5 – 10 cm auf und vor meiner mobilen Behausung vorfinde, als ich nachts dem Wasserdrang nachgebe. Der Morgen präsentiert sich aber hell und Abenteuer animierend, garniert sich lediglich mit vereinzelten weißen Wolkenfahnen, die um die den Pass flankierenden frisch verschneiten Felsformationen flattern.

Von der Passhöhe aus führt nach Süden ein Weg über den Scharnitzsattel zur Muttekopfhütte, nach Norden gelangt man über das Steinjöchl in knapp 2 Stunden zur Anhalterhütte. Vom Steinjöchl schwingt sich nach Osten ein Grat bis auf ca. 2500 m und dieser Felskamm verläuft weitgehend in gleichbleibender Höhe gut 7 km bis er sich zu einem breiten Sattel zwischen Tarrentonspitze und Rauchberg auf ca. 2000 m absenkt. Den Felskamm zieren natürlich diverse namentliche Gipfel, in seiner Gesamtheit nennt sich das aber einfach die „Heiterwand". Und südlich unter diesen Felswänden entlang bis zum Sattel zu queren, das hatte mich schon seit längerem gereizt. Denn am Sattel gibt es eine unbewirtschaftete Unterkunft, die Heiterwandhütte.

Aus dem Internet hatte ich herausgelesen, dass man mit einer Gehzeit von 5 – 7 Stunden von der Anhalterhütte aus rechnen müsse, je nachdem, ob man seine Route nord- oder südseitig der Heiterwand wählt. Wenn ich mir also vom Pass aus eine Zeitvorgabe von 6 Stunden machte, sollte ich jedenfalls auf der sicheren Seite sein. Natürlich herrschen bereits winterliche Verhältnisse, aber südseitig hat die Sonne davon nicht allzu viel bestehen lassen.

Es ist bereits kurz vor 9 Uhr, bis ich mich endlich von meinem standbeheizten Schlafquartier verabschiede. Die Heizung lasse ich übrigens auf Sparflamme weiterlaufen, damit mir das Wasser in meinem Tank und vor allem in den Leitungen nicht einfriert. Außerdem möchte ich ergründen, wie dieser Komfort den Pegel meines Treibstofftanks beeinflusst.

Zunächst steige ich im gleißenden Morgenlicht über den grobkristallinen, blütendweißen nächtlichen Neuschnee in Richtung Steinjöchl, dann, als der Hang sich vor dem letzten Aufschwung etwas abflacht, schwenke ich nach rechts auf meinen langen Weg unter den grauen Kalkwänden der Heiterwand ein. Die Sonne macht sich schon wieder daran, den frisch gefallenen Schnee von meinem Steig zu lecken, dort, wo ich einmal kurzfristig in einen schattigen Bereich gerate, stoße ich auf Altschnee, der zu diesem frühen Zeitpunkt noch hart gefroren ist. Gelegentlich verhüllen mich für kurze Zeit weiße Nebel, dann hebt sich wieder der schattenblaue Kamm auf der anderen Seite der Passstraße in gestochen klaren Konturen gegen den spätherbstlichen Himmel ab, nur ganz selten wird die Stille von einem sich über die Steigung mühenden Automobil gestört. Es ist ein wunderbares Wandern hoch über dem sich aus dem Tale heraufwindenden Asphaltband. Wie immer bei solchen Unternehmungen genieße ich es, allein zu sein, freue mich an der Einsamkeit und trotzdem nistet im Unterbewusstsein eine gewisse Unruhe, eine Anspannung, eben weil ich völlig auf mich allein gestellt bin, den Weg nicht kenne, nicht weiß, was mich gegebenenfalls auf diesem Weg erwartet.

Doch bislang verläuft der spärliche Steig nahezu horizontal und völlig problemlos im Geröll unterhalb der Felsen. Am Ende dessen, was ich überblicken kann, scheint allerdings ein schroffer Felsrücken den weiteren Weg ernsthaft zu blockieren. Erst unmittelbar vor diesem Hindernis erkennt man einen schmalen Spalt hinter einem Gratzacken, der einen Durchschlupf ermöglicht und eine langwierige tiefe Umgehung erübrigt. Von hier aus kann ich beinahe den ganzen weiteren Weg überschauen. Ja, es ist weit, aber die Route scheint klar vorgezeichnet und ohne größere eingebaute Schwierigkeiten. Ich registriere es zwar, messe der Beobachtung allerdings vorerst keine große Bedeutung bei, dass ein Großteil der vor mir liegenden, nun stärker nach Osten ausgerichteten Flanken schneebedeckt ist. Kein Neuschnee, sondern Altschnee. Aber bald schon merke ich, dass mir das für meinen Weiterweg erhebliche Unannehmlichkeiten bereiten könnte: Mit fortschreitender Tageszeit und damit verbundener zunehmender Erwärmung trägt die Schneedecke nicht mehr überall, ich breche immer häufiger durch, was nicht nur Kraft kostet, sondern mein Vorwärtskommen auch bedenklich verlangsamt. Und – der bislang weitgehend erkenn- oder zumindest erahnbare Verlauf meines Steigleins ist von der unberührten weißen Fläche vollkommen verschluckt. Für meinen Weiterweg bin ich ganz auf meine Einschätzung und meinen Spürsinn angewiesen.

Es ist ungefähr Mittagszeit und außerdem sollte man die nun zu treffenden Entscheidungen nicht mit leerem Magen treffen. Also suche ich mir einen geeigneten, sonnenwarmen Felsbrocken, um mich mit einer Brotzeit zu stärken und nebenbei die möglichen Wegvarianten zu studieren. Tatsächlich ist eigentlich alles klar: Entweder ich folge meinem

Gefühl, was den Routenverlauf betrifft, dann muss ich mindestens 300 Höhenmeter absteigen bis zu einer offensichtlichen ausgedehnten Almfläche und danach wieder über steiles, latschenbesetztes Gelände in etwa auf meine momentane Höhe aufsteigen. Zumindest der Abstieg und die gesamte Querung des ebenen Grundes liegen im Schattenbereich eines vorgelagerten Bergmassivs und damit unter einer geschlossenen Schneedecke. Sowohl der Höhenverlust als auch die zu erwartende Schneestapferei schrecken mich. Die Alternative besteht darin, mich auf meiner Höhe zu halten, sogar etwas anzusteigen, indem ich mich unmittelbar unter bzw. in den Felsen bewege. Das wäre entschieden kürzer, kaum durch den Faktor Schnee behindert, aber natürlich mit dem Risiko behaftet, dass ich in den Felsen zu unvorhersehbaren Ausweichmanövern gezwungen werden oder aber überhaupt scheitern könnte. Und: dort verläuft mit Sicherheit nicht der Originalweg. Eines ist mir allerdings klar: Zeitlich habe ich nichts zu verschenken!

Ich entscheide mich für die Felsen.

Gut gangbare Bänder und Rampen scheinen mir recht zu geben. Der Blick voraus lässt, soweit ich das Terrain einsehen kann, auch keine problematischen Unterbrechungen erkennen. Wobei ich mir bewusst bin, dass das ein trügerischer Eindruck ist. Es genügen 3 m auf den nächsten 700 m, die nicht machbar sind, um mich in eine höchst unangenehme Situation zu bringen. Das tritt früher ein als erwartet: Hinter einer Rippe geht es nicht weiter, ich muss gut 30 m durch einen Kamin absteigen, der zu allem Überfluss teilweise schneeverkrustet ist. Danach kann ich für eine Weile relativ unproblematisch horizontal queren, dann zwingt mich ein kleiner Abbruch wieder weiter in die Wand hinauf. Und dann stehe ich in unangenehm steilem Gelände und kann nur einen ganz beschränkten Bereich des möglichen Weiterweges einsehen. Wenn ich mich über die nächsten problematischen 20 – 30 m hinüberschwindle und an der Kante feststellen muss, dass ich hier nicht weiter komme, dann muss ich diese heikle Passage wieder zurück!

Ich muss mich schnell entscheiden, denn die Zeit läuft mir davon. Mir scheint das Risiko doch zu hoch. Außerdem, wenn ich bis zu dem Beginn des Abbruchs zurückklettere, kann ich von dort relativ einfach über den darunter liegenden, Geröll bedeckten Hang bis zu dem Almboden abfahren. In einer leichten Rinne, dort, wo das meiste lose Material gelagert ist, springe und rutsche ich in weiten Sätzen tiefer. Auf diese Weise habe ich nicht nur mindestens eine Stunde verloren, ich verliere auch noch gewaltig an Höhe. Der Schnee, in dem ich nun zwangsläufig lande, ist, wie befürchtet, morsch. Aber er ist nicht weich, sondern er trägt die erste Gewichtsverlagerung von dem einen auf den anderen Fuß, um dann bei voller Belastung doch zu brechen. Das ist mühsam und zeitraubend. Immerhin finde ich in dem steilen, latschenbesetzten Hang, der mich wieder auf die ursprüngliche Höhe zurückführen wird, den Weg anhand der gelegentlichen ausgeasteten Passagen wieder. Weiter oben lasse ich mich noch einmal in die Felsen verleiten und muss prompt ein Stück über einer gefräßig lauernden Randkluft einer mehrere Meter dicken Schneeablagerung aus dem vergangenen Jahr abklettern.

Im letzten Licht glaube ich erkennen zu können, dass der restliche Weg einerseits schneefrei und andererseits klar vorgezeichnet ist. Das stimmt auch bis zu der letzten Kanzel, die ich mir als Anhaltspunkt vorgegeben habe. Danach aber senkt sich der nun ganz nach Osten ausgerichtete Rücken gemächlich auf den breiten Sattel ab, auf dem die Hütte stehen muss. Und das bedeutet erneut: Schnee und damit keinerlei Anhaltspunkt für den Weg. Und nachdem das Gelände flach und ohne Konturen ist, könnte der hier überall verlaufen. Längst ist es dunkel, aber die Schneefläche bietet zumindest soviel hellen Untergrund, dass gelegentliche Latscheninseln oder sonstige Strukturen im Kontrast auszumachen sind, so dass ich meine Stirnlampe noch schone. Der „Sattel" scheint tatsächlich ein sowohl in Länge als auch Breite ziemlich ausgedehnter Übergang zu sein, der überdies eine beträchtlich strukturierte Topographie aufweist. Mit anderen Worten: Während an einem wirklichen Sattel die Möglichkeit für die Position der Hütte natürlich vorgegeben wäre, kann es mir hier durchaus passieren, dass ich nun noch für Stunden damit beschäftigt bin, mein Nachtquartier ausfindig zu machen. Nachdem ich zunächst mehr oder weniger ziellos und nur nach Gefühl die Nacht durchforstet habe, komme ich zu der bitteren Einsicht, dass mir nichts anderes übrig bleibt, als das Terrain systematisch in Ost-West Streifen abzusuchen. In diesem Bestreben stürze ich unvermutet über ein kurzes Steilstück, das ich nicht erahnt habe, hinunter und – entdecke zu meiner Rechten ein eindeutig dunkles Etwas. Der Strahl der Stirnlampe trifft direkt auf die Hüttentüre!

Nein, wirklich Sorgen habe ich mir noch nicht gemacht, aber die Erleichterung ist doch beträchtlich, als ich den AV-Schlüssel erfolgreich im Schloss gedreht habe. Immerhin bin ich statt der angenommenen 6 Stunden inzwischen mehr als 9 unterwegs, die Schuhe sind vom Schneestapfen nass und die Beine müde, im gesamten Körper findet sich nur noch ein spärliches Quantum an Energie.

Zu dem erlösenden Gefühl der Geborgenheit gesellt sich nun die Neugier: Wie heimelig ist das Innere der Hütte, ist ausreichend Holz vorhanden, macht der Ofen einen passablen Eindruck, haben die Vorgänger möglicherweise ess- oder gar trinkbare Köstlichkeiten zurückgelassen? Schließlich habe ich das alles schon erlebt, negative und positive Überraschungen – einen Feuerholzbestand von 3 Spreißeln im Winterraum der Krottenkopfhütte, einen Ofen, der zwar Rauch, aber keine Wärme zu produzieren bereit war auf der 2900 m hoch gelegenen Landshuter Hütte aber auch 3 Liter Rotwein meiner Vorgänger, die offensichtlich ihr Trinkvermögen falsch eingeschätzt hatten, in dem urgemütlichen Winterraum der Lamsenhütte.

Zunächst empfängt mich ein durch seine altersfarbene Holzverkleidung anheimelnder Aufenthaltsraum für 15-20 Personen. Auch ein recht funktionstüchtig anmutender Ofen zeigt sich im Licht meiner Stirnlampe. Aber diesen Raum angemessen zu erwärmen, würde wahrscheinlich den Rest der Nacht in Anspruch nehmen. Eine Tür führt dann noch in einen kleinen Küchenraum, der zwar in seiner Ausstattung sehr viel nüchterner wirkt, aber hier kann ich darauf hoffen, bald in den Genuss von Wärme zu kommen. Falls der Ofen willig ist!

Als erstes suche ich nach einer Kerze. Im Aufenthaltsraum zieren zwar diverse Untersetzer und Kerzenhalter die Tische, die unterschiedlich-farbigen und -formigen Kerzen sind aber alle niedergebrannt. Auch die Suche in Schubladen und hinter Schranktüren ist nicht von Erfolg gekrönt. In meinem großen Rucksack habe ich in der Außentasche immer auch eine Kerze versteckt, für diese Tour aber habe ich mich für die kleinere Variante entschieden. Pech gehabt. Also kann ich nur hoffen, dass mir die Stirnlampe nicht allzu schnell den Dienst versagt. Doch ich bin ja auf meinem Weg in der Dunkelheit und bei der Suche nach der Hütte schon in weiser Voraussicht sehr sparsam damit umgegangen.

Ich entledige mich meines verschwitzten Hemdes, streife mir das trockene T-Shirt und den Pulli über. Das allein bringt schon eine erhebliche Steigerung des Wohlgefühls. Jetzt schnell ein Feuer gemacht, einen Topf voll Schnee für das Teewasser geschöpft und dann endlich aus den nassen Schuhen heraus! In einem Korb neben dem Ofen findet sich Holz, sogar ein paar Spreißel hat mir mein Vorgänger freundlicherweise hinterlassen. Dass es am Holz nicht mangelt, habe ich bereits im Eingangsbereich mit Freuden feststellen können. Was ich noch brauche, ist eine alte Zeitung und Zündhölzer. Eine Zündholzschachtel ist schnell gefunden, obwohl ich mit Sorge feststellen muss, dass sie nur noch 3 Hölzer enthält, aber da findet sich sicher noch irgendwo eine volle, Papier zum Anfeuern finde ich keines. Aus dem Rucksack fördere ich die Wurst-Tüte vom Metzger und aus der Hosentasche ein gebrauchtes Tempo zutage. Durch beides schwelen sich magere Flammen mehr als dass es zu einem wirklichen Feuer reicht. Auf jeden Fall reicht es nicht, um meine kunstvoll darüber drapierten Holzspreißel zu entzünden. Ich versuche es noch einmal mit 2 frischen Tempos. Das Ergebnis ist das gleiche.

Nun wird mir doch etwas mulmig. Ich werde doch nicht umgeben von ausreichend Holz und vor einem offenbar funktionstüchtigen Ofen die Nacht durchfrieren müssen? Als nächstes begebe mich auf die Suche nach einer weiteren – hoffentlich vollen – Zündholzschachtel. Vergeblich! In der Deckeltasche meines Rucksacks müsste ich aber bestimmt welche haben. Was ich finde, ist ein uraltes Heftchen, das ich einmal aus einem vornehmeren Restaurant habe mitgehen lassen. Einen sonderlich vertrauenerweckenden Eindruck machen die Schwefelköpfe nicht mehr, ein mehrfacher Test bestätigt den Eindruck.

Mir steht also noch ein einziges Zündholz zur Verfügung und das soll mir ohne Papier zu einem wärmenden Feuer verhelfen! Zunächst schnitze ich mit dem Messer feinere Späne und Spreißel, dann baue ich damit über dem Rost ein hierarchisches Gebilde aus Spänen und Spreißeln und schließlich streue ich darüber noch Wachskrümel von den heruntergebrannten Kerzen im Aufenthaltsraum. Mit dem Zündholz werde ich zunächst einen dünnen, längeren Spreißel entzünden und damit dann die Flamme an meinen Scheiterhaufen im Ofen weiterzugeben versuchen.

Das Anstreichen des Zündholzes – für einen ehemaligen Raucher – eine nahezu natürliche, oft und oft erprobte Bewegung, macht mir Angst. Ich fühle mich unsicher, wie beim alles entscheidenden nächsten Aufschlag in einem Tennismatch. Hin und wieder ist es ja schließlich auch einmal passiert, dass der Kopf nur kurz aufgeflammt und dann sofort verloschen ist oder dass das Holz beim etwas zu heftigen Anreiben gebrochen ist. Soll ich es lieber – um sicher zu gehen – von oben, also quasi schlagend, oder von unten reibend machen?

Ich verlasse mich auf die altbewährte Rauchermethode, schlage von oben. Das Zündholz flammt auf, züngelt an dem bereitgehaltenen Spreißel – und dann frisst sich die Flamme gierig in das Spreißelgebilde.

Ein erlösendes, glückliches Gefühl macht sich breit, so, als würde dieses junge Feuer schon behagliche Wärme verbreiten. Das Knacken hinter der Ofentüre verspricht diese Wärme, einen heißen Tee und Schinkennudeln, für die ich die Zutaten 9 Stunden mit mir herübergeschleppt habe von der Passhöhe. Jetzt kann ich mich auch endlich der nassen Schuhe entledigen. Ich genehmige mir – quasi als Aperitif und Hors d'oeuvre vor den Schinkennudeln – eine Fruchtschnitte, einen Schluck Wein, den ich wegen der Gewichtsersparnis in einer Plastikflasche transportiert habe. Die Anspannung weicht einer wohligen Erleichterung.

Erst allmählich wird mir bewusst, dass das letzte verbrauchte Zündholz automatisch bedeutet, dass ich morgen Früh ohne ein heißes Getränk würde in den Tag starten müssen – aber das kann mein momentanes Glück nur geringfügig trüben.

Ohne Frühstück

Mein Schauspieldebüt als Professor Crey, alias „Schnauz", Erklärer der alkoholischen Gärung in Spörls Feuerzangenbowle war ein – am wenigsten von mir selbst erwarteter – Erfolg, die Kritik stellte sogar Vergleiche mit dem großen Ponto an. Insofern mangelte es auch in der Folgezeit nicht an Angeboten aus der Szene der kleinen Privattheater. Und man bot mir durch die Bank tragende Rollen an. Die Kritiker waren mir auch weiterhin gewogen und so blieb nicht aus, dass ich schon bald einen gewissen Bekanntheitsgrad in der Würzburger Kulturlandschaft erreicht hatte

Dies die Voraussetzung für den Anruf, den ich eines Tages vom Hotel MARITIM erhielt. Man wolle die Weinstube des Restaurants etwas mehr ins Bewusstsein der Öffentlichkeit rücken und würde deshalb eine Reihe „Künstler zum Anfassen" ins Leben rufen. Man habe an mich als „Start-Künstler" gedacht und ob ich bereit wäre, diese Rolle zu übernehmen. Ich hätte vollkommen freie Hand, was die Gestaltung des Abends beträfe, aber man habe mich erst kürzlich als Karl Valentin bewundert und das würde den Gästen sicherlich gut gefallen.

Das sagt sich natürlich einfach: „Machen Sie doch ein bisschen Valentin." Immerhin hatte ich tatsächlich bereits den „Recken Heinrich" in Valentins „Ritter Unkenstein" gespielt und zusammen mit einer wahrhaftigen Schauspielerin aus München einen Valentin-Abend mit großem Erfolg gestaltet. Und – ein unschätzbarer Vorteil – ich beherrschte zumindest die rudimentären Grundregeln und -griffe des Gitarrenspiels. Somit ließ sich einiges aus den musikalischen Hinterlassenschaften Valentins gewinnbringend verwerten. Außerdem reizte mich einfach, ein wenig über die Schauspielerei an kleinen Theatern zu plaudern und wer weiß – vielleicht würde mich ja tatsächlich eine hübsche Besucherin anfassen? Jedenfalls war ich geschmeichelt – schließlich war das die erste Anfrage außerhalb der eigentlichen Theaterszene. Und so sagte ich zu.

Bei einem Treffen vor Ort – ich wollte zumindest die Räumlichkeit inspizieren, in der ich agieren sollte – kam dann natürlich auch die leidige Frage des Honorars zur Sprache. „Leidig" für mich, denn ich weiß nie, was ich da verlangen darf, kann, soll. Diese Abstufung von darf bis soll kommt dabei nicht von ungefähr. Einerseits will man sich bei aller Bescheidenheit natürlich nicht unter Wert verkaufen und andererseits muss man auch daran denken, dass man mit seiner Forderung schließlich Maßstäbe für die Kollegen setzt. Meine Skrupel hätte ich mir indes sparen können, denn anstelle der eigentlich erwarteten Frage, was ich mir denn als Gage vorstellen würde, wurde ich mit dem Statement konfrontiert, zahlen könne man leider nicht viel, aber man würde mir ein Wochenende in einem MARITIM-Hotel meiner Wahl anbieten. Ob ich damit einverstanden wäre? Meine Frau, der ich von dem Angebot berichtete, jubilierte und hatte auch sofort das Ziel parat: Sie wolle schon immer einmal nach Berlin. Somit war der deal beschlossen.

Der Abend verlief zur allgemeinen Zufriedenheit. Die Zuhörer waren ganz offensichtlich zufrieden bis begeistert, ich war begeistert, dass sie zufrieden waren und der Veranstalter war es gleichermaßen. Und er war es in einem solchen Maße, dass er mir die Frage stellte, ob ich das nicht in 14 Tagen, an Ostern, noch einmal wiederholen könne. Man erwarte eine vorgebuchte Gruppe von auswärts und anstatt die nach Sommerhausen oder sonst irgendwohin in ein kleines Theater zu verfrachten, könne man das doch auf diese Weise viel besser im eigenen Hause abwickeln. Das könne ich durchaus, erwiderte ich, wenn das „Wochenende" dann als von Freitag bis Sonntag geltend interpretiert würde. Das wurde akzeptiert.

Auch die Auswärtigen waren zufrieden mit dem, was ich ihnen bot, wir saßen anschließend noch bis spät in die Nacht beisammen und der Kellner musste noch so manchen Schoppen kredenzen. Als ich mich vom Hotelmanager verabschiedete, ließ er mich wissen, dass die Vereinbarung aber nur für die Übernachtung gelte, Frühstück sei darin nicht inbegriffen. „Das finde ich aber ganz schön schäbig", ließ meine Frau ihn daraufhin unverblümt an ihrer Meinung teilhaben. Obwohl ich ansonsten nicht ängstlich bin, wenn es darum geht, scharfzüngige Kommentare zu formulieren und obwohl ich natürlich auch der Meinung war, dass das reichlich schäbig sei, hätte ich mich dennoch diesmal nicht getraut, das so direkt zum Ausdruck zu bringen. Manchmal tut es doch gut, eine streitbare Frau zur Seite zu haben – wenn sie nicht gerade mit mir selbst streitet!

Der kurzfristige Ärger war aber längst verraucht, als wir uns in die zukünftige Hauptstadt der Nation aufmachten. Und spätestens bei der Ankunft wurden wir endgültig versöhnt. Offensichtlich sah man uns nicht an, dass wir vermutlich zwei Tage lang unser Frühstück um die Ecke bei Tchibo oder sonst einem erschwinglichen Stehkaffee einnehmen würden: Einer der Livrierten, die unauffällig vor dem Hotel auf so bedeutende Persönlichkeiten wie uns warteten, bat mich um den Autoschlüssel und erbot sich ohne mit der

Wimper zu zucken, meinen verbeulten Renault für mich an einem geheimen Platz zu parkieren. Selbst wenn mich das ein entsprechendes Trinkgeld kosten würde, das gönnte ich meinem Renault, dass er einmal eine Zeitlang in der Gesellschaft von naserümpfenden Jaguars, Mercedes und Porsches verbringen durfte.

Das Foyer – gestaltet wie ein riesiger Zylinder – war beeindruckend, unser Zimmer ein Traum. Auf einem Tischchen begrüßte uns ein Blumenstrauß, eine Obstschale und ein Kärtchen, auf dem wir namentlich auf das herzlichste willkommen geheißen wurden. An der Innenseite der Tür wurden wir dezent darauf hingewiesen, dass der Zimmerpreis pro Nacht üblicherweise 430 DM betrug.

Vielleicht sollte ich an dieser Stelle einfließen lassen – um mein Schwärmen zu erklären – dass unsere Urlaubsbehausung in der Regel das Zelt war und ich auch auf meinen beruflich bedingten Reisen eher darum bemüht war, meinem Arbeitgeber ungebührliche Hotelkosten zu ersparen. Mit anderen Worten: Für uns war das schon etwas Besonderes.

Für den Freitagabend hatte ich mit Hilfe der Rezeption zwei Karten für eine Revue im Kulturpalast der ehemaligen DDR reservieren lassen, wir waren von der Darbietung recht angetan und ließen anschließend den Abend bei einer guten Gulaschsuppe und einem Glas Rotwein ausklingen.

Am nächsten Morgen klang der schöne Abend aber immer noch nach und so beschlossen wir, unsere Tchibo-Sparmaßnahme um einen Tag zu verschieben. Ich hatte zwischenzeitlich herausgefunden, dass uns dieser Luxus zwar 34 DM pro Person kosten würde, dass wir uns aber quasi direkt aus dem angrenzenden Pool an das Frühstücks-Buffet würden begeben können. Hier war nun wirklich alles aufgetürmt, was das Frühstückerherz nur begehren konnte – von Räucherlachs über frische Erdbeeren zum Champagner bis hin zu den exotischsten Konfitüren und den unterschiedlichsten Brotsorten. Obwohl ich damals noch wesentlich mehr in mich hineinstopfen konnte, als ich heute dazu noch in der Lage bin, konnte ich nicht einmal die Hälfte der gebotenen Köstlichkeiten goutieren. Wir waren uns aber einig, dass wir recht daran taten, uns das wenigstens einmal zu leisten.

Wir waren uns allerdings – wenn auch schuldbewusst – am zweiten Morgen ebenso einig, dass es doch dem Anlass äußerst unangemessen wäre, dieses schöne Wochenende durch ein Hinausschleichen zum Stehkaffee zu entweihen. Und so versuchten wir – Frühstücksarrangement hin oder her – in einem zweiten Anlauf, wenigstens einen Teil der noch nicht gekosteten Köstlichkeiten in uns aufzunehmen.

Als wir mit der Reisetasche und dem kleinen Koffer im Foyer erschienen, ließ sich der tadelnde Blick des Hüters über die livrierte Mannschaft nicht übersehen – ein Wink und man hätte unser Gepäck doch im Zimmer abgeholt. Ob man wenigstens um die Schlüssel für den Wagen bitten dürfe, um denselben vorzufahren? Auch als ich die unverkennbar nicht zu einem „Wagen" der gehobenen Klasse gehörigen Schlüssel aushändigte, verzog der mit einem kaum wahrnehmbaren Zeichen Herbeigerufene keine Miene. In der Zwischenzeit steuerte ich auf die Rezeption zu, um den Zimmerschlüssel abzugeben und bat um die Rechnung für unsere zusätzlichen Frühstückskosten. „Sie sind uns nichts schuldig, mein Herr, wir wurden ausdrücklich noch einmal instruiert, dass das Frühstück in Ihrem Arrangement inbegriffen ist. Wir hoffen, dass Sie einen angenehmen Aufenthalt hatten."

Es gab also noch andere Leute, die sich vor meiner Frau fürchteten! Aber man stelle sich nur vor, wir hätten uns für die Tchibo-Alternative entschieden – ich hätte mich noch nachträglich in den A…. gebissen!

Das Wunder

Norwegen, das reiht sich bei mir nahtlos hinter Kanada und Alaska ein. Es ist nur deshalb nicht ganz so fernträumerisch, weil es eben weniger fern, ja beinahe nördlich vor der Haustüre liegt. Und, freilich, es gab und gibt dort keine Indianer, keine Büffel und Grizzlies. Aber immerhin Bären, Elche, Lachse und viel unberührte Landschaft. Und deshalb musste ich dort unbedingt hin!

Ganz ohne Hindernisse ließ sich das allerdings nicht verwirklichen. Als selbst errichteter Schlagbaum hatten mir der ausstehende Abschluss der Dissertation und die damit verbundene Promotionsprüfung einen unbeschwerten Start Richtung Norden verwehrt. Es war ein mühsames Frühjahr geworden. Aber jetzt, Mitte Juli, war es vollbracht! Ich weiß nicht, ob meine Frau daran nie so recht geglaubt hatte, jedenfalls bekam sie nun doch noch Bedenken, ob man so eine Reise unserem 1 ½ Jahre alten Sohn zumuten könne. Dank sei unserem Kinderarzt! Mit einem trockenen „Der hält mehr aus als Sie, Frau Ludwig" war auch dieses Hemmnis aus dem Weg geräumt. Da gab, bereits auf dänischem Territorium, der Motor unseres alten VW Variant den Geist auf. Der Meister der Reparaturwerkstätte muss meine Verzweiflung überdeutlich wahrgenommen haben – er mühte sich nach Kräften, telefonierte mit Gott und der Welt und machte tatsächlich einen passenden Ersatzmotor ausfindig, vermittelte mir einen Leihwagen, um denselben herbeizuschaffen und hängte eine Extra-Abendschicht an, um ihn unverzüglich zu installieren und mein betrübtes Gesicht wieder gedämpft strahlen zu lassen. Dass das Strahlen nicht so strahlte, wie man das normalerweise mit diesem Wort verbindet, lag daran, dass die ganze Aktion natürlich nicht umsonst war.

Zu dem Zeitpunkt, an dem wir uns jetzt befinden, ist das längst verschmerzt. Wohl hätte sich das Wetter gelegentlich etwas freundlicher verhalten können, aber ansonsten sind wir begeistert, von der Landschaft, der Freundlichkeit der Menschen, dem Anglerglück eines profunden Angel-Laien und – wie recht er doch hatte, der Kinderarzt! – der Konstitution und Kondition unseres Käsehoch-Nachwuchses.

Das Dach über den nächtlichen Köpfen war vom Wetter bestimmt gewesen. Wenn es uns gnädig gesonnen war, schlupften wir, so wie die Sonne hinter den Horizont, in unser Zelt. Hatte sich aber die Sonne den ganzen Tag über hinter dunklen Wolken und Regenfahnen rar gemacht, so war ich bemüht gewesen, Mutter und Sohn den Schutz einer „hytta" zu bieten.

Das aktuelle Wetter hätte eine solche Maßnahme nicht gefordert. Aber es hat 3 Tage ziemlich heftig geregnet und so ist der Boden noch vollgesogen mit Nässe, nicht gerade ideal für das Zelt. Insofern haben wir auch heute Ausschau gehalten nach einer erschwinglichen festen Unterkunft und haben eine solche gefunden, mitten im Wald, gemütlich eingerichtet und mit einem willigen Ofen ausgestattet. Und – ganz in der Nähe fließt ein Bach für den jetzt schon beinahe professionellen Angel-Eleven. Sobald wir also etabliert sind, mache ich mich an die Aufgabe, meine Schutzbefohlenen mit Nahrung zu versorgen. Das gelingt mir wesentlich schneller als vorhergesehen. Allerdings nicht mit dem Angelhaken sondern mit dem Messer. Noch ehe ich den Bach erreicht habe, leuchtet es mir gelb aus dem Moos entgegen.

Eine ganze Kolonie Pfifferlinge wandert in die Tüte, die eigentlich für den Transport bunt gesprenkelter Forellen gedacht war. Aber was ein versierter Jäger und Sammler ist, so hat der ohnehin einen Rucksack dabei. Und darin findet sich immer noch eine Zusatztüte, um die Beute der anglerischen Bemühungen aufzunehmen.

Es ist ein Krater unmittelbar neben dem Bach, den ein mitsamt dem Wurzelwerk entwurzelter Baum gebildet hat, in dem ich einen einzelnen Fisch entdecke. Er ist offensichtlich beim letzten Hochwasser dort gelandet und hat es versäumt, vor dem Rückfließen auf Normalniveau aus seinem Versteck-Pool zurück in das eigentliche Gewässer zu schwimmen. Einen entsprechend unterernährten Eindruck macht er auch. Überdies ähnelt er in keiner Weise einer Forelle, der einzigen Fischart, die ich als Laie in diesem Bach vermute. Seinem Aussehen nach würde ich ihn eher als Hering einstufen, was allerdings – mitten im Wald – selbst dem Laien als unwahrscheinlich erscheint. Trotzdem trifft meine Diagnose von der Unterernährung offensichtlich den Nagel auf den Kopf: Ich halte ihm einen Blinker(!) vors Maul, er öffnet dasselbe und – er hängt am Haken.

Im Bach schließlich verfangen sich insgesamt 3 tatsächliche wunderschöne Forellen an meinen aufreizend im fließenden Wasser flirrenden Blinkern. Und beim Rückweg zur Hütte stellen sich dem stolzen Fischer noch eine ganze Reihe herrlich fester Steinpilze in den Weg! Das Überleben ist im Übermaß gesichert!

Unser Nachwuchs darf fürs Siegerfoto in jeder Hand einen Fisch präsentieren und zeigt überhaupt keine Scheu mehr vor den glitschigen Gestalten. Schließlich ist das nicht der erste Fang seines tüchtigen Vaters!

Der macht sich sodann, kaum hat er die Erlebnisse seines Beutzuges durch den Wald seiner staunenden Familie in allen Einzelheiten geschildert, unverzüglich an die Zubereitung des Abendessens. Die Fische zum Hors d'Oeuvres – der „Hering" mundet übrigens sehr gut, auch wenn er ein paar Gräten mehr hat als die Forellen – danach der Hauptgang: Pfifferlinge und Steinpilze mit angebräunten Zwiebeln und einem Hauch Knoblauch, leider gebricht es dem Koch an ansonsten unverzichtbarer Petersilie, dazu Reis. Das Quantum ist erschreckend, aber man kann sein Sammlerglück ja schließlich nicht einfach wegwerfen. Wir fressen uns jedenfalls ohne Rücksicht auf Verluste durch die auf dem Tisch lagernden Mengen, lediglich der Sohn hört vernünftigerweise in dem Moment auf, da er keinen Hunger mehr hat.

Trotzdem ist auch er offenbar erschöpft von der frugalen Orgie, denn er lässt sich für seine Verhältnisse widerstandslos zur Nachtruhe betten. Das ist für uns das Signal für einen dringend erforderlichen Verdauungsspaziergang. Es ist hier, auf einer geographischen Breite von gut 60°, doch merkbar länger hell als bei uns und so werden wir, wenn sich zwischen den Bäumen unseres stillen Waldweges eine passende Lücke auftut, noch von den Strahlen der Sonne aus dem inzwischen blankgeputzten Abendhimmel verwöhnt. Doch des Verwöhnens ist kein Ende: Plötzlich blitzt rot und saftig unser Dessert aus dem flankierenden Gebüsch! Diese Himbeeren sind nicht vergleichbar mit den mickrigen Gebilden, die man zuhause, wenn überhaupt, noch ab und zu findet. Prall ausgereift schmecken sie unvergleichlich fruchtig und süß. Man könnte gar nicht aufhören – wenn man nur noch könnte! Aber der pilz-geschwellte Bauch lässt wirklich nicht mehr als ein vornehmes Nachtisch-Quantum zu.

„Fehlt nur noch ein bisschen Rauch", sage ich zu meiner Frau. Da liegt hinter der unmittelbar folgenden Wegbiegung ein Päckchen Zigarettentabak. Und zehn Meter weiter entdecke ich in einer Plastikhülle ein Heftchen Zigarettenpapier!

„Wenn man jetzt noch eine Schachtel Zündhölzer für mich ausgelegt hat, dann glaube ich an Wunder!" Dabei fällt mir gleichzeitig ein, dass das trotzdem ein unvollständiges Wunder wäre in Anbetracht der Regenfälle der vergangenen Tage. Aber auch daran hat die Wunderfee gedacht: Im Licht der Abendsonne funkelt schon von weitem ein Feuerzeug! Dem hat der Regen nichts anhaben können und so mischt sich der Duft der würzigen Waldesluft schon bald mit dem (aus heutiger Sicht) Gestank einer Selbstgedrehten.

Für die Flasche Rotwein mit dem bereitgelegten Korkenzieher hat der Fee dann aber offensichtlich die Fantasie gefehlt. Es sei denn, ich hätte sie übersehen, die Flasche, nicht die Fee.

Vertrauen

Die Liebe ist wohl eine der stärksten emotionalen Empfindungen, wenn nicht sogar die stärkste, die uns während unseres Lebens widerfährt. Und das mit gewaltigen Ausschlägen nach beiden Seiten der Skala, was auch die besondere Eigenart an ihr ist. Angst, Hass, Freude können in manchem Leben die Intensität erlebter Liebe erreichen oder sogar übertreffen – aber immer nur in eine Richtung.

Vertrauen ist von der Ausrichtung her der Liebe sehr verwandt, auch wenn die gegensätzlichen Randwerte bei weitem nicht solche Extreme erreichen. Auch hier erfährt man das Glücksgefühl erfüllter Erwartungen und die Niedergeschlagenheit enttäuschten Vertrauens.

Dabei erleben wir – ähnlich wie bei der Liebe – durchaus unterschiedliche Facetten: Das Vertrauen eines kleinen Kindes, das sich vom Vater hoch in die Luft werfen lässt und keinen Augenblick daran zweifelt, dass er es sicher wieder auffangen wird, das Vertrauen des am Standplatz Sichernden, dass er sich auf die Umsicht und das Können seines 20 m über ihm kletternden Seilpartners blind verlassen kann bis hin zu dem – ohne schriftliche Fixierung – gewährten kleinen Darlehen an einen Freund. Das Vertrauen des Kindes ist nachhaltig erschüttert – und das im wahrsten Sinne des Wortes – wenn der Vater daneben greift, die Seilschaft überlebt möglicherweise das blinde Vertrauen nicht, wenn es nicht gerechtfertigt war und die Freundschaft zwischen Gläubiger und Schuldner wird nicht mehr Bestand haben, wenn der vereinbarte Termin für die Rückzahlung schon mehr als ein halbes Jahr überschritten ist.

Den angeführten Beispielen ist eines gemeinsam: Die Beteiligten kennen sich schon eine ganze Weile. Etwas anderes ist es bei dem Autofahrer, der für einen Anhalter anhält und diesen nach – situationsbedingt – nur flüchtiger äußerer Begutachtung einsteigen lässt. Das gilt natürlich umgekehrt genauso für den Zusteigenden – insbesondere, wenn der Zusteigende eine Zusteigende ist. Zweifellos ist das für beide ein kleines Abenteuer, ein gewisses Risiko. Man muss ja nicht gleich an Mord und Vergewaltigung denken, es würde reichen, dass die gemeinsame weitere Fahrt unerfreulich wird, wenn einer der beiden ungewaschen stinkt oder sich als unverbesserlicher Nazi entpuppt.

Warum, in aller Welt, hält dann überhaupt jemand an, wenn solche „Gefahren" durchaus im Bereich des Möglichen sind? Meine ganz persönliche Antwort darauf lautet: Weil ich in meiner Gymnasiasten- und Studentenzeit des Öfteren so ins Gebirge oder von dort wieder nach Hause gekommen bin, auf diese Art und Weise mein äußerst dürftiges Budget unbelastet blieb und ich dabei kein einziges Mal eine nur annähernd unangenehme Erfahrung gemacht habe. Im Gegenteil, es waren in aller Regel anregende, interessante Gespräche, die wir geführt haben. Eine solche Erfahrung prägt und so habe auch ich, als ich denn stolzer Autobesitzer war, angehalten, wenn mir der oder die am Straßenrand Winkende nicht schon auf 100 m Entfernung allzu verlaust oder bekifft erschienen – und auch von dieser Position aus habe ich meine Hilfsbereitschaft nie bereut.

Eine Begebenheit hat mich in dieser Hinsicht bestärkt und mich besonders gefreut: Ich war allein im Karwendel unterwegs gewesen auf einer Skitour, von der es in der einschlägigen Literatur heißt, dass sie nur „jungen, ausdauernden

Hochalpinisten" vorbehalten sein sollte. Soo jung war ich damals nun auch nicht mehr! Ich hatte eine maus-gestörte Nacht auf einer unbewirtschafteten Hütte überlebt, hatte einen aufregenden einsamen Tag auf hohen Schneegraten hinter mir und mit viel Glück aus dem Nebelgebräu heraus die Einfahrt in die einzige fahrbare Passage durch die felsigen Nordabbrüche über dem Karwendeltal gefunden. Die euphorische Stimmung, als ich unten am Bach eine wohlverdiente Brotzeit zelebrierte und dabei mit den Augen noch einmal meine Spur durch die Felsen nachfuhr, lässt sich einem Außenstehenden kaum vermitteln. Selbst der lange Hatscher hinaus bis nach Scharnitz konnte dieses Hochgefühl kaum trüben. Trübend wirkte sich allerdings aus, dass ich ausnahmsweise auf die Bahn angewiesen war und sich herausstellte, dass ich 2 Stunden auf eine Verbindung nach München würde warten müssen. So erinnerte ich mich meiner jugendlichen Anhalter-Fahrten und stellte mich an die Straße.

Meine Geduld wurde zwar ziemlich auf die Probe gestellt – ein dicker Rucksack und Ski sind natürlich immer ein zusätzliches Handicap – aber schließlich verlangsamte ein roter Alfa Romeo seine Fahrt, näherte sich meiner Position zögerlich und sichtlich unentschlossen und – hielt, nachdem er mich schon passiert hatte, etwa 10-15 m entfernt von mir. Am Steuer saß eine unverkennbar mit ihrer eigenen Courage kämpfende, distinguierte Dame. Als ich ihr sagte, dass ich nach München müsse, aber auch Garmisch schon einen Fortschritt für mich bedeuten würde, nickte sie beinahe unmerklich, ängstlich. Nachdem ich mein Gepäck – was für ein Glück, dass meine Ski nur 1.10 m lang waren – im Kofferraum verstaut und neben ihr Platz genommen hatte, ließ sie mich unverzüglich wissen, dass sie so etwas noch nie getan habe. „Aber Sie werden mich hoffentlich schon nicht umbringen!"

Sie hat mich bis nach München mitgenommen, ich habe ihr die Freude gemacht, sie nicht umzubringen und es war mir eine Freude zu beobachten, wie stolz sie auf sich war, wie sie letztlich die Unterhaltung mit mir genossen hat und wir waren beide glücklich über das von ihrer Seite gewährte und von mir nicht missbrauchte Vertrauen.

Es war 1966, als wir Deutschland den Rücken kehrten, um unser Glück im fernen Kanada zu suchen. Und wir haben damals in Calgary, der über Olympia inzwischen doch allseits bekannten Stadt 100 km östlich der Rocky Mountains, noch einen Rest Atmosphäre wie zu Zeiten der alten Westernpioniere gefunden. Nicht nur, dass wir mit einer unglaublichen Freundlichkeit und Hilfsbereitschaft in unserer neuen Heimat aufgenommen wurden, wir haben auch ein Vertrauen erleben dürfen, wie es zuhause in München undenkbar gewesen wäre. Kein Mensch sperrte hier ein Auto ab, selbst Wohnungen blieben zum Teil unverschlossen. Aber nicht nur für München wäre das unvorstellbar gewesen, auch in den größeren Städten im Osten Kanadas, in Quebec, Montreal oder Toronto dürfte man sich so etwas nicht trauen, wurde uns mit sichtlichem Stolz auf die alten Werte ihrer sich nach Westen vorwagenden Vorväter versichert. – Und auch in Calgary gehören diese Zeiten längst der Vergangenheit an!

Wir hatten ein Appartement gefunden, ich hatte einen Job in einem Ingenieurbüro und wir hatten uns einen gebrauchten Buick-Caravan gekauft. Er hatte nicht nur zehnmal so viel PS wie mein alter VW, sondern soviel Platz, dass ich „mit meinem zurückgelassen Vehikel hätte darin bequem wenden können", wie ich in Überschwänglichkeit nach Hause schrieb. Bei umgeklappter Rückbank konnten wir darin ohne Problem unsere Luftmatratzen und Schlafsäcke ausbreiten und so machten wir uns schon bald auf die Erkundung so verlockender Ziele wie den Banff-, Jasper- und Yoho-Nationalpark in den Alberta-Rockies sowie den Glacier-Nationalpark südlich der Grenze zu USA. Dort lernten wir auf einem der damals kaum frequentierten Campgrounds ein Ehepaar aus Calgary kennen. Sie waren neben uns die einzigen auf dem weitläufigen Areal. Und sie hatten einen VW-Bus mit aufstellbarem Dach. So etwas hatte ich bislang noch nicht gesehen und so umkreiste ich das Gefährt neugierig aber in einem Abstand, der signalisieren sollte, dass ich weder einen Überfall vorbereitete noch sonst irgendwie lästig sein wollte. Da öffnete sich die Tür und wir wurden zu einem Tee eingeladen. So erfuhren die beiden, dass wir erst seit kurzem in Kanada, in Calgary, lebten, wir tauschten Adressen und Telefonnummern.

Wirklich ernsthaft hatte ich nicht damit gerechnet, dass wir von unserer neuen Bekanntschaft noch einmal hören würden, insbesondere nachdem inzwischen schon 4 Wochen ins Land gegangen waren. Aber dann klingelte das Telefon und wir wurden zu einer Party eingeladen. Der Gastgeber – so stellte sich heraus – war Scientific Advisor to the Schoolboard, bewohnte ein schönes Haus mit großem offenem Kamin und er verstand etwas von Musik und Wein, was in Kanada keine Selbstverständlichkeit ist. (Es stellte sich im Laufe des Abends heraus, dass er das Violinkonzert von Beethoven nicht nur ein-, sondern sechsmal hatte, mit unterschiedlichen

Dirigenten, Interpreten und Orchestern, und dass seine gesamte Sammlung rund 300 Platten umfasste). Und er hatte ein Gästepublikum vom einfachen Matrosen bis zum Universitätsprofessor. Wir wurden eifrig in die durchaus kontroversen Diskussionen einbezogen und es war ein gleichermaßen amüsanter wie anregender Abend.

Kaum 2 Wochen später erhielten wir wiederum einen Anruf. Er müsse für 3 Monate nach Manitoba, seine Frau werde ihn begleiten und ob wir nicht in der Zwischenzeit in ihr Haus einziehen wollten? Man muss sich das auf deutsche Verhältnisse übertragen vorstellen: Ein Mensch aus reichlich gehobenen Kreisen bietet jungen Leuten aus einem fremden Land, die er zweimal gesehen hat, sein Haus mit allem Inventar an – kostenlos und mit ausdrücklicher Erwähnung der Plattensammlung, da er meine Begeisterung für klassische Musik erspürt hat. Unvorstellbar, dass ein Hausbesitzer aus Grünwald praktisch Fremden die Schlüssel für seine Villa in die Hand gedrückt hätte – die Plattensammlung wäre aber jedenfalls im Tresor unter Verschluss gelegen!

Wir haben das Angebot nicht angenommen. Wir konnten uns einfach nicht vorstellen, dass der Hintergrund nichts als schieres Vertrauen war. Wir haben es bereut. Denn nicht angenommenes Vertrauen ist auch ein bisschen enttäuschtes Vertrauen.

Es war ein herrliches Gefühl! Nein, nicht, dass ich jetzt vor meinen Namen ein Dr. setzen konnte. Das war eher hinderlich, ja, manchmal wurde ich sogar darauf aufmerksam gemacht, dass ich nicht nur konnte, sondern auch musste. Das Dr. gehörte jetzt zu meinem Namen!

Nein, es war das Gefühl der Erleichterung, der Freiheit. Ich hatte mir zu meiner eigenen Belohnung einen Norwegen-Urlaub gewünscht, Seen, Fjorde, Berge – und das Zelt, damit wir dort bleiben konnten, wo es uns am besten gefiel. Zu „uns" gehörte allerdings auch seit einiger Zeit unser inzwischen 1 ½ Jahre alter Sohn. Ich weiß nicht, ob meine Frau eventuell gar nicht damit gerechnet hatte, dass das mit dem Dr. klappen würde, oder ob sie es einfach verdrängt hatte. Jedenfalls begannen die Muttergefühle wenige Wochen vor Antritt der Reise vehement in ihr zu rumoren. Ob der kleine Kerl das unbeschadet überstehen würde?

Gottlob hatten wir einen Kinderarzt, der die Essensrationen für die Knirpse grundsätzlich halbierte, weil er wusste, dass die Mütter ja ohnehin das Doppelte in ihren Nachwuchs hineinstopfen würden, er verschrieb Frischluft unabhängig von den Minustemperaturen und er lachte herzhaft, als meine Frau mit ihren Bedenken zu ihm kam. „Der hält viel mehr aus als Sie", gab er ihr mit auf den Weg – und mit jedem Tag merkten wir erleichtert, wie recht er hatte.

Freunde aus dem Norden, die schon mehrfach in Skandinavien gewesen waren, hatten uns den Tipp mitgegeben, dass man in manchen Regionen von privat „hyttas" mieten konnte, urige Hütten meist an einem See gelegen. Wir hatten es nun schon einige Male versucht – allerdings ohne Erfolg. Es war kurz vor der Auffahrt zu einem Pass, als wir eine kleine Ortschaft passierten. Einmal wollte ich es noch versuchen. Ich steuerte auf eine Gruppe von 3-4 Männern zu, die offenbar in eine Diskussion über die Neuerschaffung der Welt verstrickt waren und versuchte mich mit meiner „hytta"-Frage verständlich zu machen. Ja, da gäbe es einen, der habe eine oben in den Bergen, da rechts, das zweite

Haus, entnahm ich mehr der Gestik als dass ich etwas verstanden hätte.

Der potenzielle Hüttenvermieter – auch bei ihm lief die Verständigung mehr über die Hände als über die Sprache – machte mir klar, dass er zwar tatsächlich eine hytta sein eigen nenne, uns dies auch gerne zur Verfügung stellen wolle, diese aber ca. eine halbe Stunde zu Fuß vom Pass aus gelegen sei und er kein Auto habe und ich ihn folglich mit hinauf nehmen müsste, um uns zu führen, aber auch wieder zurückbringen müsse. Fragend schaute er mich an, ob ich unter diesen Umständen überhaupt noch interessiert sei, bis ihn meine ehrliche Begeisterung überzeugte. Da lächelte er, holte noch einen Sack Brennholz und wir fuhren hinauf zum Pass. Ich schleppte den Sohn, er das Holz und die Mutter die notwendigsten Utensilien für den Sohn.

Die Hütte war ein Traum! Urig hingeduckt an einen Felsblock, urig die Innenausstattung, ein offener Kamin! Nach der ersten Begeisterung fragte ich vorsichtig an, ob wir ggf. auch 2 oder 3 Nächte bleiben könnten – ich hatte bislang nur eine Nacht angedeutet. Aber natürlich, so lange wir wollten, machte er mir lächelnd verständlich. Und wie viel – ich zückte meinen Geldbeutel – das denn für 2 Nächte kosten würde? Ich hatte den Eindruck, dass er das eigentlich gar nicht erwartet hatte. Und dann verlangte er – sichtlich verlegen – einen lächerlichen Betrag. Ich würde ihm, wenn wir doch länger blieben, den Rest bei der Ablieferung des Schlüssels zahlen, sagte ich und drückte ihm eine nach oben aufgerundete Summe in die Hand. Das sei nicht nötig, versuchte er mir klar zu machen, ich solle den Schlüssel einfach auf den Balken oberhalb der Eingangstüre legen.

Ich brachte ihn, wie vereinbart, zurück ins Dorf. Ich kann nur hoffen, dass er mein Glück wenigstens annähernd verstanden hat, eine Ecke auf dieser misstrauischen Welt, einen Menschen gefunden zu haben, für den ursprüngliches Vertrauen gegen seinen Mitmenschen eine Selbstverständlichkeit ist. Und es bleibt zu hoffen, dass er niemals enttäuscht worden ist!

Hunger am Titicaca See

Ein UNO-Seminar in San José dos Campos, Brasilien, bei dem ich einen Vortrag halten sollte, hatte mir die Möglichkeit eröffnet, meinem Traumgebirge, den Anden, relativ nahe zu kommen. Als 22-Jähriger hatte ich einmal die Chance gehabt, an einer Expedition in die Cordilliera Huayhuash in Peru teilzunehmen. Wir waren schon mitten in den Vorbereitungen, ich hatte mich gegen die Bedenken meiner Eltern durchgesetzt, die gar nicht begeistert waren, dass ich zur Halbzeit meines Studiums ein ganzes Semester unterbrechen wollte – da traf uns die bittere Nachricht, dass der Alpenverein die ursprünglich zugesagte Unterstützung doch nicht bewilligen wollte. Und damit war der Traum geplatzt.

Der Tagungsort lag freilich weitab vom Gebirge. Aber ich hatte mit Hilfe des Reisebüros eine Route zusammengestellt, die mir – ohne Mehrkosten – unter anderem eine Zwischenstation in Bolivien ermöglichte.

La Paz ist nicht nur die höchst gelegene Hauptstadt der Welt, sie weist auch einige bemerkenswerte weitere Merkmale auf. Ihr Flughafen auf dem Altiplano liegt auf einer Höhe von mehr als 4000 m und nachdem die dort zwischenzeitlich entstandenen Ansiedlungen praktisch zu einem Vorort des zentralen La Paz geworden sind, beträgt der Höhenunterschied innerhalb dieser Stadt rund 900 m. Sozusagen als Wahrzeichen thront im Süden der Stadt der mit gut 6400 m zweithöchste Berg Boliviens, der dreigipfelige Illimani , wenn der Pilot zur Landung ansetzt, meint man aber unmittelbar vor einem weiteren formschönen 6000er zu landen, dem Illiampú. Die dünne, saubere Luft ließ ihn so nah erscheinen, dass ich allen Ernstes glaubte, ich könnte direkt von La Paz aus einen Besteigungsversuch starten. Als ich nach 2 Tagen tatsächlich diesen Versuch unternahm, musste ich per Anhalter auf einem Lastwagen gut 40 km zurücklegen, um an den Fuß meines Traumberges zu gelangen. Und auf ca. 5000 m ging mir kläglich die Luft aus, was mir ein Vertreter des Club Andino genauso prophezeit hatte. Tatsächlich war er um einiges deutlicher: Er hatte mich schlichtweg für verrückt erklärt. Und im Nachhinein kann ich ihm das nicht verübeln. Als ich mich Jahre später für ein paar Tage um den Aconcagua herumtrieb, sagte mir ein Österreicher, den es dorthin verschlagen hatte, dass eine solche Unternehmung ohne wenigstens 14 Tage Akklimatisierung ein Vabanquespiel mit dem Leben sei.

Mit der gewonnenen Erfahrung verlegte ich meine Tätigkeit in die Ebene. Auch wenn diese Ebene, der Altiplano, auf 4000 m lag. Ganz in der Nähe gab es ja schließlich noch den legendären Titicacasee. Wie genau nahe oder entfernt der von La Paz aus gelegen war, wusste ich zwar nicht, aber was ich aus dem Flugzeug gesehen hatte, konnte es nicht allzu weit sein. Nachdem man sich inzwischen solche Informationen relativ leicht über das Internet beschaffen kann, weiß ich heute wesentlich mehr als damals: Dass der See ca. 75 km nordwestlich von La Paz auf einer Höhe von 3830 m liegt und eine Fläche bedeckt, in die der Bodensee 13 mal hineinpassen würde. Und dass seine Temperatur ziemlich konstant 10° beträgt. (Hier ist sich allerdings das Internet uneins: an anderer Stelle hat sich diese Angabe auf 5° reduziert. Das sind immerhin Welten, wenn man daran denken sollte, sich den abendlichen Schweiß vom Körper waschen zu wollen).

Ich hatte nicht besonders gut geschlafen und so packte ich noch vor Hellwerden meinen Rucksack und schlich mich kurz nach 4 Uhr aus meinem Hotel auf 3600 m. Es war ein herrliches Erlebnis, mein Weg entlang der menschenleeren Straße hinauf zum Altiplano, das erste Licht auf den Eisflanken des Illimani, das Auftauchen der Stadt aus dem Dunkel, als ich nach einer Stunde die Kante des Altiplano erreicht hatte.

Eigentlich hatte ich vorgehabt, mich auf dieser Strecke an einem der vielen Stände noch mit etwas Proviant für meine Wanderung zu versorgen. Aber diese Tageszeit war selbst den ansonsten scheinbar Tag und Nacht präsenten Indios zu wenig erfolgversprechend, irgendeinem Gringo etwas andrehen zu können.

Viel Auswahl, um sich zu verlaufen, gab es nicht, nachdem ich mich nun auf der Hochebene befand. Eine breite Schotterpiste führte geradewegs zum Horizont. Trotzdem konnte mich das nicht schrecken. Ich wollte ja wandern. Allerdings hielt das nicht lange vor. Jeder Lastwagen, der an mir vorbeirauschte, hüllte mich für eine Viertelstunde in eine Staubwolke. Das wurde mir zu lästig und so streckte ich, sobald ich wieder so einen Staubaufwirbler nahen sah, den Daumen nach oben. Der Fahrer hielt und mir wurde bedeutet, mich auf die offene Rückfläche zu verfrachten. Die war – und das hatte ich bei den bisherigen Begegnungen wegen des Staubvorhangs nicht erkennen können – bereits voll beladen mit frierenden Indios. Ich fuhr auch nicht, wie ich zunächst angenommen hatte, per Anhalter, sondern gegen

Bezahlung. Die Personenbeförderung auf einer offenen Lastwagenfläche war für den Fahrer ein willkommener Nebenverdienst und für die Beförderten offenbar um einiges billiger als ein regulärer Bus. Aber bei einer Temperatur knapp über dem Gefrierpunkt war die Fahrt auf einer offenen Ladefläche durch den zusätzlichen Fahrtwind kein Vergnügen. Obwohl die trotz der Kälte fröhlichen Gestalten, denen ich mich da zugesellt hatte, in ihren Ponchos und bunten Inka-Mützen einen durchaus vergnüglichen Anblick boten.

Sobald ich den See entdeckt hatte, klopfte ich dem Fahrer auf das Dach seines Führerhauses und ließ mich absetzen. Nachdem in der Zwischenzeit schon mancher „Passagier" auf offener Strecke zugestiegen bzw. entlassen worden war, hatte ich mitbekommen, dass man für den Transport seinen Obolus zu entrichten hatte. Das konnte mir schon allein deshalb nicht verborgen bleiben, als offensichtlich wegen der Höhe des geforderten Betrages jedes Mal ein längerer Disput entbrannte. Vermutlich wurde mir als grünem Gringo ein Vielfaches dessen, was man den armen Einheimischen abverlangte, abgeknöpft. Aber das war trotzdem noch so wenig, dass es die Erfahrung dieser Fahrt zweifellos wert war!

Die letzten Kilometer bis zum See will ich noch zu Fuß erleben. Jetzt erst kann ich die herbe steppenartige Landschaft in mich aufnehmen, die sich in einer unglaublichen Eintönigkeit ausbreitet, bis sie jäh an den im Hintergrund leuchtenden Eisbergen endet. Keine noch so spärliche Baumgruppe, kein Gebüsch, an denen das Auge hätte hängen bleiben können. Selbst bei den beiden ärmlichen, flachen Gebäudlichkeiten, die weit voneinander entfernt die einzigen menschlichen Behausungen zu sein scheinen, gibt es kein Grün, wenn man von den wenigen kümmerlichen Kartoffelstauden auf einem Feld von vielleicht 20x30 m absieht. Ein paar in Lumpen gehüllte Kinder, ein paar meist schwarze Schweine von der Größe eines zweiwöchigen Ferkels unseres Borstenviehs – ansonsten tristes Überleben in einer trostlosen Region auf fast 4000 m!

Erst in unmittelbarer Nähe des Titicaca gibt es Grün, Gebüsch und Bäume. Und menschliche Ansiedlungen. Ein Umstand, der mir auf nicht erwartete Weise bewusst gemacht wird. Während ich auf einem Sandsträßchen entlang wandere, treffen Klänge wie aus einem bayerischen Biergarten mein Ohr und kurz darauf, nach der nächsten Wegbiegung, stehe ich tatsächlich vor einer wahrhaftigen Blaskapelle! Es hört sich gar nicht so verschieden an von Zwiefachem, Polka und Marschmusik, ein bisschen falsch, aber dafür laut und voller Inbrunst. Und offensichtlich ist man am Feiern! Nachdem das momentane Musikstück vollendet ist, werde ich umringt und zu einer Art Bierbank geleitet. Ich merke, dass der Beginn der Festivität schon einige Stunden zurückliegen muss, denn manche der Inka-Nachfolger bewegen sich schon recht unsicher. Dafür reden sie ohne Hemmungen und lautstark auf mich ein und ehe ich mich versehe, hat man mir ein großes Glas mit einer trüben Flüssigkeit in die Hand gedrückt – offensichtlich indianischer Selbstgebrannter. In diesem Moment tritt ein vergleichsweise hübsches Mädchen von etwa 20 Jahren auf mich zu.

Während es so scheint, dass man auf der ganzen Welt mit Englisch immer irgendwie durchkommt, gilt das für ganz

Südamerika nicht. Dadurch, dass der gesamte Kontinent Spanisch oder Portugiesisch parliert und sich die Leute folglich über tausende von Kilometern hinweg in ihrer Sprache verständigen können, sehen sie gar keine Notwendigkeit, sich um die „Weltsprache" Englisch zu bemühen. Das habe ich bereits in den Großstädten Bogotá und La Paz registrieren müssen. Und ausgerechnet hier, im bolivianischen Hinterland spricht mich dieses Mädchen auf Englisch an. Sie erklärt mir nicht nur den Anlass der Feier – sie ist die neue Lehrerin für die wenigen Kinder, welche hier im Umkreis von vermutlich 30-40 km in den Genuss ihres Unterrichts kommen sollen – sondern warnt mich auch eindringlich davor, das Zeug zu saufen, das man mir in die Hand gedrückt hat. Obwohl es mir schwer fällt, die dubiose Flüssigkeit unauffällig zu entsorgen, halte ich mich an den Rat. Eigentlich hätte ich mich ja gerne zu etwas Essbarem verführen lassen – in meinem Rucksack befinden sich aufgrund meines frühen Aufbruchs lediglich 2 Äpfel, ein Stück Brot, eine Ölsardinenbüchse und ein bisschen Schokolade – aber das wäre natürlich nicht abgegangen, ohne dass man weiterhin versucht hätte, mich gleichzeitig wieder mit ihrem Gebräu abzufüllen. So verabschiede ich mich schweren Herzens von der hübschen Lehrerin und den alkohol-beseligten Vätern ihrer künftigen Schüler und wandere dem See entlang bis es Abend wird und ich einen passablen Platz für die Nacht finde

Es wird ein grandioses Erlebnis, dieser Abend, diese Nacht. Natürlich bin ich verstaubt und verschwitzt, trotzdem käme ich unter normalen Umständen niemals auf die Idee, mich aus Reinigungsgründen in 5-10° kaltes Wasser zu stürzen. Aber was tut man nicht alles, um sagen zu können, man habe im Titicacasee gebadet! Danach schlupfe ich schnell in die lange Unterhose, die Daunenjacke und den Biwaksack – mehr habe ich nicht dabei für die Nacht – bereinige mein „Bett" noch von ein paar störenden Unebenheiten, dann labe ich mich an dem Wenigen aus meinem Rucksack und gebe mich ganz dem Schauspiel des verklingenden Tages hin. Der Illimani steht zunächst rot verklärt, danach fahl und eisig direkt über dem Wasser. Lange staune ich noch in den ungewohnt klaren Sternenhimmel, dann wiegen mich die monoton gegen das Ufer rollenden leichten Wellen in den Schlaf.

Den Platz habe ich gut gewählt: Die ersten Sonnenstrahlen, die es schaffen, über den Horizont zu blinzeln, treffen meine nachtkalten Glieder und vermitteln zumindest den Anschein von Wärme. Ein Stück Schokolade, ein Apfel und ein restlicher kleiner Kanten Brot, dazu ein Schluck Wasser aus dem See, dann verstaue ich Biwaksack und Daunenjacke im Rucksack und mache mich wieder auf den Weg. Irgendwo werde ich schon wieder auf die Hauptstraße treffen.

Es ist schon Mittag vorüber. Das Wetter hat sich eingetrübt. Da entdecke ich endlich die Grenzstation nach Peru. Und einige schwarz verhüllte Gestalten, die ganz offensichtlich so etwas wie einen Stand betreiben. Hier muss sich doch etwas Essbares auftreiben lassen! Als ich näher komme, kann ich erkennen, dass da tatsächlich mehrere alte Weiber hinter dürftig zusammengezimmerten Gestellen thronen und auf Kundschaft warten. Sie beginnen auch, kaum dass ich in Konversationsnähe bin, wie aufgeplusterte Geier auf mich einzukrächzen. Allerdings kann ich nirgends eine Warenauswahl auf dem Tresen entdecken. Da greift die erste unter ihren Rock und präsentiert mir einen Eimer, in dem sich Kartoffeln und kleine gebratene Fische befinden.

Man hat mir erzählt, dass die bolivianischen Frauen zwar 7 Unterröcke trügen, aber keine Unterhose. Ich habe das für einen Witz gehalten, so ähnlich wie man mir in meiner pubertären Naivität einmal weis gemacht hatte, dass bei Chinesinnen der Schlitz, den man beim weibliche Geschlecht zwischen den Beinen finden kann, quer statt wie üblich längs verläuft. Zwar hat sich mir nie die Gelegenheit geboten, das am Original nachzuprüfen, bei einiger Überlegung kommt man aber selbst darauf, dass das anatomisch reichlich unwahrscheinlich ist. Was hingegen die unterhosenlosen Bolivianerinnen betrifft, so habe ich den Beweis dafür unmittelbar vor Augen geführt bekommen: Bei der Erkundung von La Paz habe ich mich nicht auf die Besichtigung von Prachtplätzen und Parks beschränkt, sondern bin auch hinüber in die Erdhügel, wo die Ärmsten der Armen in dürftig zusammengeflickten Baracken aus Blech- und Holzresten ein jämmerliches Dasein führen. Ich habe zwar einmal einen Wasserhahn entdecken können. Aber Kanalisation ist dort ein Fremdwort. Entsprechend ist der Gestank. Dort habe ich eine junge Frau überrascht, die sich in unverwechselbarer Haltung auf den Boden kauerte, umgeben von ihren Röcken. Als sie aufstand, blieb ein dampfender Haufen zurück. Eine Hose hat sie nicht hochgezogen!

Mit diesem Bild vor Augen stehe ich vor der Wahl, die unter den Unterröcken dieser alten Indianerin hervorgezauberten Kartoffeln und Fische zu goutieren oder zu hungern. Ich nehme mir das Sprichwort „lieber erstunken als erfroren" zum Beispiel und entscheide mich für ersteres. So schlecht hat es gar nicht geschmeckt. Schließlich gilt Bolivien als das Ursprungsland der Kartoffel.

Löcheriger Kopf

Es war vermutlich bereits die 5. Wiederaufnahme und inzwischen Kult: Von Ende November bis Ende Januar stand auf dem Spielplan des kleinen Privattheaters, auf dessen Bühne ich das erste Mal mein schauspielerisches Talent entblößen durfte, „Die Feuerzangenbowle" von Heinrich Spörl. Ich spielte den „Prof. Crey", Spitzname „Schnauz". Das ist der mit der alkoholischen Gärung. Und genau in diesem Stück und mit dieser Rolle hatte ich auch mein theatralisches Debüt gegeben.

Ein Außenstehender kann sich vermutlich nicht im Entferntesten vorstellen, was sich in einem Theater hinter der Bühne abspielt, welche Arbeit, welches Ringen um einzelne Szenen dazu gehören, um das auf die Beine zu stellen, was das Publikum dann mit mehr oder weniger Genuss, aber sicherlich in aller Selbstverständlichkeit betrachtet. Ich behaupte allerdings, dass selbst ein Profi-Schauspieler, der von Beginn an bei einem großen Theater gelandet ist, sich nicht erträumen kann, wie es an einer kleinen Bühne zugeht.

Wir durften einmal, im Rahmen einer Tournee, mit eben dieser Feuerzangenbowle in einem professionellen, – für unsere Begriffe – großen Haus gastieren: Das Stadttheater von Gera verfügt über rund 550 Sitzplätze, die auf 3 balkonartigen Etagen eines weitgehend zylindrischen Zuschauerraums verteilt sind. Von außen eher klobig, ist das Interieur wirklich hübsch zu nennen. Vor einer solchen Kulisse – und die Vorstellung war ausverkauft – spielen zu dürfen, war für uns natürlich ein besonderes Erlebnis. Was aber für uns völlig ungewohnt war: Da standen Helfer für das Ausladen und

Aufbauen der Kulissen parat, wir hatten mehrere Garderobenräume zur Verfügung, wir wurden über Lautsprecher herzlich willkommen geheißen, der Countdown „… noch 5 Minuten bis Vorstellungsbeginn" verlief in gleicher Weise und wurde ergänzt durch ein „Wir wünschen dem Ensemble aus Würzburg toi, toi, toi!"

In einem kleinen Privattheater ist zwar das erste Bühnenbild zur Premiere vom Bühnenbildner gestellt, aber sämtliche weiteren eventuellen Umbauten und der Aufbau des ersten Bildes für die Folgevorstellungen obliegt den Schauspielern selbst, was meist ein ausgeklügeltes, genau abgesprochenes Umbau-Management erfordert – und selbstverständlich immer wieder zu kleineren oder größeren Pannen führt. Vergisst derjenige, der dazu eingeteilt war, den Tisch im Fast-Dunkel des Umbaulichts von der Bühne verschwinden zu lassen, eben dies zu tun, so kann man nur hoffen, dass die Mitspieler aufmerksam genug sind, ersatzweise einzuspringen, oder aber die Akteure der nächsten Szene müssen sich blitzschnell etwas einfallen lassen, wie sie den Tisch unauffällig zur Seite bugsieren oder in ihr Spiel integrieren können. Wobei ein Tisch mitten auf dem angedeuteten Bahnhof immer etwas seltsam wirken dürfte!
Die Garderobe besteht aus einem einzigen Raum von etwa 10-15 qm, den sich bis zu 10 Beteiligte beiderlei Geschlechts teilen müssen, was zwar gelegentlich den Vorteil erfreulicher Einblicke in die Unterwäsche-Kollektion hübscher jüngerer Mitspielerinnen gestattet, andererseits aber dazu führt, dass das für die nächste Szene zwingend erforderliche Kleidungsstück, das man sich zu Beginn der Vorstellung zurechtgelegt hat, inzwischen überlagert, hinunter

gerutscht oder umgeschichtet worden ist oder, dass man im Zuge des Umzugs unsanft von einem Ellenbogen gestreift wird. Schminken, Bartankleben oder -abnehmen, das Aufsetzen oder Entledigen von Perücken – das alles passiert in dieser Beengtheit. Und selbst während des Spiels muss man darauf achten, dass man nicht über die bis auf die Bühne ausgestreckten Füße der Zuschauer aus der ersten Reihe stolpert bzw. ob sich nicht jemand aus dem Publikum seinen Stuhl zwischenzeitlich in die Gasse gestellt hat, die extra für eine bestimmte Szene frei gehalten worden ist.

Mit anderen Worten: Die Pannenwahrscheinlichkeit ist an diesen kleinen Bühnen weitaus höher als in professionellen Häusern.

Eine wesentliche Bedeutung bei einer Theateraufführung kommt selbstverständlich der Technik zu, also der Beleuchtung und den akustischen Einspielungen. Dabei geht es bei der Beleuchtung sowohl um die Lichtgestaltung – also Änderung der Lichtintensität – als auch um das Einschalten des richtigen, voreingestellt ausgerichteten Scheinwerfers zum richtigen Zeitpunkt. Die akustischen Elemente beinhalten die Hintergrundmusik für die Umbaupause ebenso wie die Musik, die einen essentiellen Teil des Spiels darstellt wie z.B. die Grundmelodie für einen Chorgesang des Ensembles. Von geradezu ausschlaggebender Bedeutung sind die Geräusche, auf die möglicherweise der Text direkt Bezug nimmt, vom Heulen des Windes über das Signalhorn eines Krankenwagens bis hin zum Gewehrschuss. Funktioniert Licht oder Geräuschkulisse nicht auf den Punkt genau, so ist das nicht nur peinlich, sondern kann die Schauspieler auch völlig aus dem Konzept werfen. Wenn mit dem lauthals und in wohlgesetzten Worten gepriesenen Sonnenuntergang keinerlei Änderung der Lichtverhältnisse einher geht oder der Höhepunkt einer Szene darin besteht, dass einem Abreisewilligen am Bahnhof der Zug davon fährt, von der Fraktion „Geräusche" aber keinerlei Abfahrt imitierende Signale kommen, so ist auch der improvisationsbegabteste Schauspieler aufgeschmissen. Natürlich kann er seinen Satz „Ich weiß es, ich weiß es, der Zug wird mir davon fahren" nötigenfalls noch einmal wiederholen, aber beim 5. Mal wird sich jeder Zuschauer – mit Recht – fragen, warum er denn dann nicht endlich einsteigt.

Auch unsere Beleuchter, die übrigens natürlich gleichzeitig für das Einspielen der Geräusche verantwortlich sind, machen das nebenberuflich. Das Lampenfieber bei der Premiere dürfte bei ihnen kaum geringer sein als bei den Akteuren auf der Bühne. Ja nicht den Einsatz verpassen, ja keinen Knopf, keine Taste verwechseln, die Lautstärke richtig einregeln! Dabei dirigiert der arme Kerl seine Technik aus einem Verschlag heraus, der nicht mehr als etwa 1x1x1.5m Raum bietet! Den Zeitpunkt seiner Aktionen kann er einerseits visuell ausmachen – was eher gefährlich ist – oder sich an einem Stichwort orientieren. Die visuelle Variante ist insofern nicht ganz ungefährlich, weil der Gang, die Bewegung des Schauspielers zwar immer in Kongruenz mit seinem Text stehen sollte, dies in der Realität aber nicht immer der Fall ist. Die Orientierung am Stichwort wiederum hat seine Probleme dadurch, dass der Beleuchter in der Abgeschiedenheit seiner Kabine den Text gar nicht versteht. Zieht man noch in Betracht, dass der Schauspieler – angeblich soll so etwas schon vorgekommen sein – seinen Text verdreht, verhaspelt oder schlicht verweigert, dann ist dieser

Herrscher über die Technik in seiner Verantwortung wahrlich nicht zu beneiden.

Vielleicht ist es mir gelungen, zu verdeutlichen, wie wichtig das reibungslose Zusammenspiel von Schauspiel und Technik für eine gute Aufführung ist. Als Schauspieler jedenfalls kann man sich kaum etwas Schlimmeres vorstellen als einen unfähigen, die Einsätze verschlafenden Techniker – wobei diesem all die oben geschilderten mildernden Umstände zugebilligt seien. Aber das hilft dem Akteur auf der Bühne nichts. Und doch gibt es eine Steigerung: Gar keinen Techniker!

Und damit kehre ich, nach diesem ausgedehnten Umweg der allgemeinen Schilderung des Geschehens auf und hinter der Bühne eines Privattheaters, zurück zu dem Eingangs-Absatz: Wir waren mitten in der Wiederaufnahme der Feuerzangenbowle. Eine unserer Mitspielerinnen war hauptberuflich Lehrerin an einer Grundschule. Hauptsächlich ihr zuliebe hatten wir uns bereit erklärt, eine zusätzliche Nachmittagsvorstellung speziell für Schulklassen einzuschieben. Der Beginn war auf 16 Uhr festgelegt. Ab 15:30 Uhr wurlte und wieselte es im Eingangsbereich des Theaters von aufgeregten Kindern. In der Garderobe begannen die ersten von uns ihre Requisiten zu sortieren, sich in ihre Kostüme zu kleiden und zu schminken. Und dann wurden auch wir allmählich aufgeregt. Das hatte aber nichts mit Lampenfieber zu tun – die Wiederaufnahme-Premiere lag schon lange hinter uns – sondern damit, dass unser Beleuchter immer noch nicht aufgetaucht war.

Um 16 Uhr hielten wir Kriegsrat. Zunächst intern, dann zusammen mit dem Publikum. Der Intendant hatte einen zufällig anwesenden Kollegen genötigt, in die Rolle der Technik zu schlüpfen. Das heißt, schlüpfen würde er in die Beleuchter-Kabine, wann er welchen Knopf zu drücken, welchen Schieber er zu schieben hatte, konnte man ihm innerhalb von wenigen Minuten natürlich nicht beibringen. Also einigten wir uns mit dem Publikum auf folgende Modalitäten: Wir würden auch ohne optimale technische Unterstützung spielen und der Intendant, der den „Schöler Pfeiffer" spielte, würde von der Bühne aus dem Ersatz-Beleuchter zurufen, wenn eine Änderung angesagt war.

Wir selbst waren einigermaßen skeptisch, dass man das noch als Theater verkaufen könne. Es ging aber besser als gedacht. Und das junge Publikum war begeistert! Unsere mitspielende Lehrerin berichtete uns beim nächsten Zusammentreffen, gerade diese Vorstellung hätte den Kindern eine Vorstellung von Theater vermittelt, wie es ein reibungsloser Ablauf niemals hätte schaffen können.

Beim nächsten Zusammentreffen war auch wieder der Original-Beleuchter zugegen. Er war Russland-Deutscher und noch nicht allzu lange in unserem Städtchen. Auf die vorwurfsvolle Frage, wo er denn an diesem bewussten Nachmittag gewesen sei, antwortete er treuherzig: „Ah…, ist mir aus Kopf gefallen!"

Kalt erwischt

Es war ein Schlüsselerlebnis für mich und meinen 5 Jahre älteren Bruder. Unser raubeiniger Onkel im Allgäu hatte uns beide auf das „Allgäuer Matterhorn", die Trettachspitze, geführt. Wahrlich keine Spaziertour: Start um 5 Uhr morgens mit den Rädern von Sigishofen nach Oberstdorf, ein Aufstieg von gut 4 Stunden bis wir am Einstieg zum NW-Grat standen, dann das erste Mal am Seil über den NW-Grat hinauf und den NO-Grat hinab, barfuss, barfuss auch über das damals noch ausgeprägte Schneefeld unterhalb der Nordwand. Gegen 22 Uhr waren wir wieder zuhause. Ich war damals 10!

Jeder normale Bub in diesem Alter hätte das vermutlich als Tortur empfunden, wäre für alle Zeiten gegen das Phänomen „Sehnsucht nach den Bergen" geimpft gewesen.

Bei uns beiden hat es das pure Gegenteil bewirkt. Kein Münchner Sportgeschäft, in dessen Bergsportabteilung wir nicht ab und an herumschnüffelten, ob es nicht einen Sonderangebotshaken, -karabiner, oder sonstiges alpines Gerät zu erschwinglichen Preisen gab. Denn die finanziellen Ressourcen aus einem spärlich bemessenen Taschengeld und einem auch nicht üppigen Lehrlingsgehalt waren sehr begrenzt. Im Münchner Klettergarten von Höllriegelskreuth oberhalb der Isar waren wir schon bald beinahe so bekannt wie die Klettergrößen Herzog, Köllensperger, Peters, die dort gelegentlich auftauchten und uns Klettereleven begeisterten, wenn sie scheinbar schwerelos quer durch die senkrechten Nagelfluhwände spazierten. Und wenn es ging, suchten wir erste alpine Herausforderungen an den Ruchenköpfen, der Kampenwand oder dem Blankenstein in den

Bayerischen Voralpen. Mit 15 bzw. 20 gingen wir dann unsere eigenen Wege, hatten unseren gleichermaßen narrischen eigenen Freundeskreis.

Kaum ein Samstag, an dem ich nicht nach der Schule – ja, damals hatte man noch am Samstag Schule! – mit dem Rucksack, den ich unter der Schulbank versteckt hatte, zum Bahnhof sprintete. Deutsch, Erdkunde und Geschichte bildeten für mich in der Regel nur ein lästiges Nebengeräusch, denn im Geiste hing ich schon längst in der ersten Seillänge der geplanten Route. Die Beschreibungen der Führen durch die Südwände von Scharnitzspitze und Schüsselkar im Wetterstein, von Karlspitz-Ostwand und Christakante im Kaiser konnte ich beinahe auswendig hersagen, trotzdem las ich heimlich noch einmal im Kletterführer nach, während vom Pult über die Schandtaten irgendeines machtbesessenen Despoten referiert wurde.

Mit einem Wort: Ich war süchtig. Nicht dass ich nicht über Fußballergebnisse und die letzten skandalträchtigen Filmtitel wie „Das Bad auf der Tenne" oder „Sie tanzte nur einen Sommer" informiert gewesen wäre, aber wirklich wichtig war mir das nicht. Natürlich war mir aufgefallen, dass es das andere Geschlecht gab und hübsche Beine, ein wohlgeformter Busen und ein liebes Gesicht weckten durchaus die jugendlichen Fantasien. Aber dass ich dafür ein Gebirgswochenende geopfert hätte, wäre mir nicht im Entferntesten in den Sinn gekommen.

Zu dieser Zeit ergab es sich, dass unser Deutschlehrer verkündete, jeder müsse ein Referat über ein literarisches Werk halten. Und dabei kam er uns so weit entgegen, dass er bereit war, zu akzeptieren, wenn man selbst mit einem Buchvorschlag aufzuwarten in der Lage war. Wenn es sich nicht gerade um das letzte Abenteuer eines Tom Prox oder eines Piratenkapitäns handelte, wurde der Vorschlag auch angenommen. Für die Lesefaulen hatte er aber seinerseits eine Liste von Vorschlägen erstellt, aus denen man sich einen Buchtitel auswählen konnte.

Nicht genug damit, dass ich zur Kategorie derjenigen gehörte, die gar keine Zeit hatte, sich beispielsweise an einem Wochenende auf der Couch in ein Buch zu vertiefen. Ich brachte auch der ganzen Idee mit dem Referat wenig Interesse entgegen. Und so standen, als ich mich dem Unabänderlichen nicht länger entziehen konnte, auf der Vorschlagsliste des Lehrers lediglich noch 3 Titel zur Auswahl. Vom Inhalt keiner der angebotenen Bücher hatte ich einen Schimmer, von einem wenigstens kannte ich den Autor: Johann Wolfgang von Goethe. Die Wahl des Lehrers aus dessen umfangreichem Werk war auf „Wilhelm Meister" gefallen. Der Titel sagte mir rein gar nichts, aber der Zusatz „Novelle" wirkte verführerisch auf mich. Noch heute ist mir unklar worin der Unterschied zwischen einer Erzählung, einem Roman und einer Novelle besteht. (Im Internet habe ich übrigens gefunden, dass „Wilhelm Meisters Lehrjahre" heute mit dem Attribut „Bildungsroman" versehen ist, dass es aber zu meiner Zeit unter Novelle firmierte, dessen bin ich mir ganz gewiss). Damals jedenfalls setzte ich Novelle gleich mit Kurzgeschichte. Ein fataler Trugschluss, wie sich herausstellen sollte!

Ob meine Erinnerung richtig ist oder der Horror Pate steht, kann ich nicht mit Sicherheit sagen, aber ich meine, dass es 700 Seiten waren. Überdeutlich sehe ich aber noch vor mir, dass es 2 in grüne Buchdeckel gekleidete Bände waren, die mir der Lehrer aushändigte. Und jeder dieser Bände – falls mich die Erinnerung nicht täuscht – umschloss 700 Seiten! Einen Scherz dieser Dimension traute ich unserem Lehrer nicht zu. Das war blanke, Panik verbreitende Wirklichkeit.

Immerhin, eines hatte mich meine gebirglerische Tätigkeit gelehrt: Nicht aufgeben, Nerven bewahren, durchhalten. Wenn man, 500 m über gehbarem Gelände, in einer senkrechten Felsflucht, gerade verzweifelt nach einem Griff sucht und man merkt, wie einen die Kraft verlässt oder wenn man mitten in der Wand vom Wettersturz überrascht wird, kann man nicht einfach sagen, „jetzt habe ich keine Lust mehr." Insofern ist das Klettern eine hohe Schule für Selbstdisziplin, Überlebenswillen und Durchhaltevermögen.

Wenn auch die Auswirkungen eines Hängenlassens angesichts dieses literarischen Monsters nicht eine gleichermaßen tödliche Gefahr wie der physische Sturz ins Leere bedeutete – es fühlte sich für mich ähnlich dramatisch an.

Ich begann also zu lesen. Und fand allmählich sogar Gefallen an Stil und Inhalt. Trotzdem empfand ich es als ähnlich deprimierend, wenn ich wieder 50 Seiten geschafft hatte und dies in Relation zum verbleibenden Text setzte, wie wenn ich nach einer Stunde äußerst schwierigen Kletterns realisieren musste, dass ich gerade eine Seillänge von knapp 40 m geschafft hatte. Aber ich habe jede Seite dieser 2 Bände gelesen!

Das Glücksgefühl, als ich das geschafft hatte, währte indessen nicht lange. Auch hier lassen sich durchaus Parallelen zu dem verrückten Treiben am Berg ziehen. Der Moment der Erleichterung, wenn man endlich die Schwierigkeiten hinter sich oder den Wettersturz überstanden hat und am Gipfel steht, weicht schnell der Ernüchterung, dass man da ja wieder hinunter muss, der Abstieg lang und unangenehm sein wird, es fraglich ist, ob man überhaupt noch vor Einbruch der Nacht das Zelt oder die Hütte erreichen wird.

Zwar hatte ich mich durch den Lebenslauf des Wilhelm Meister mit all seinen Freuden und Leiden hindurchgebissen. Wenn ich darüber aber ein Referat halten sollte, so hätte ich – dessen wurde ich mir alsbald klar – die ganze Geschichte mindestens noch einmal, besser zweimal lesen müssen.

Glücklich, wer da auf eine Schwester zurückgreifen kann, die vor nicht allzu langer Zeit ein Germanistik-Studium erfolgreich abgeschlossen hat. Nicht, dass ich versucht hätte, sie zu überreden, mir ein Referat zu basteln. Da hatte ich doch meinen Stolz – und die berechtigte Befürchtung, dass sie sich auch kaum hätte überreden lassen. Aber mit Literatur zur Literatur konnte sie mich versorgen. Bald türmte sich auf meinem Schreibtisch – na ja, eigentlich war es ja der Schreibtisch meines Vaters, den ich aber weitestgehend für mich in Beschlag genommen hatte – ein Berg von Sekundärliteratur, der die beiden Originalbände bei Weitem überragte. Und allmählich begann ich ernsthaft in Erwägung zu ziehen, ob ich nicht eben dieses Original doch besser einfach noch ein zweites Mal lesen sollte. Schließlich obsiegte aber doch die Einsicht, dass ich ja zum einen nicht alles aus diesem Sekundärturm Wort für Wort lesen müsse und zum anderen dort schließlich bereits Auslegungen, Kommentare, Zusammenfassungen, mit anderen Worten quasi ein Referat zu finden sein müsste.

Wenn der gute Goethe hätte erfahren können, wie vielen Doktoranden er mit seinem „Wilhelm Meister" eine Thematik geliefert hat – es hätte ihn sicherlich gefreut! Aber wenn er hätte erfahren müssen, mich welch geschwollenen Traktaten sein in durchaus verständlicher Ausdrucksweise geschriebenes Werk kommentiert, ja, traktiert worden ist, wie man sich erdreistete, auszubreiten, was **seine** Gedanken beim Schreiben gewesen waren, in welcher Stimmung **er** dabei gewesen ist, dann, so vermute ich, hätte ihn der heilige Zorn gepackt.

Immerhin, Material hatte ich nun genug, ich musste eigentlich nur noch diesen Wust an Phrasen aussortieren und geschickt in eine gefällige Reihenfolge bringen. Das ging schneller als erwartet und am Ende fühlte ich mich beinahe selbst wie einer dieser aufgeblasenen Doctores.

Es nahte der Tag des Referats. Was den meisten bereits große Problem bereitete, dieses Sich-vor-ein-Publikum-Hinstellen und von der erhöhten Plattform des Pults aus zu sprechen, schreckte mich an und für sich nicht über die Maßen. Schlimmer war schon, dass das ja nicht irgendein Publikum war, sondern die eigene Klasse. Und da bestand immer die Gefahr, dass während des Vortrags einer im Hintergrund Grimassen zog, dumm gelacht wurde oder hinter vorgehaltener Hand ein „Hört, hört" zu hören war. Alle diejenigen, die **ihr** Referat noch vor sich hatten, würden sich solcher Beiträge enthalten, aber die, welche das bereits absolviert hatten, konnten natürlich frisch von der Leber weg feixen. Und nachdem ich, von der Reihenfolge her, im hinteren Drittel angesiedelt war, gab es davon eine ganze Menge.

Die visuelle Präsentation der beiden Bände, deren Wirkung ich nicht verschenken wollte, war kein schlechter Einstieg. Ungläubiges Staunen legte sich über die Klasse. Aber natürlich gab es auch ein paar ironische Bemerkungen. Doch das war einkalkuliert. Im Gegenteil, meine Einleitung war ja darauf aufgebaut, auszuführen, dass ich zunächst freilich auch erschrocken gewesen sei, mich dann der Inhalt aber immer mehr in Bann gezogen habe – was nicht einmal ganz gelogen war.

Und dann prasselte es nieder auf meine Zuhörerschaft. Ich stellte Theorien auf, warf mit Ausdrücken um mich, die ich selbst nicht verstand, interpretierte nicht nur den „Wilhelm Meister", sonder sogar den Meister Goethe selbst. Meine Kameraden saßen wie angeschraubt, mit offenen Mündern und starrten mich an, als ob ich gerade vom Mond zurückgekommen wäre. Als Vortragender merkt man ja sehr schnell, ob man sein Publikum langweilt oder aber einigermaßen zu fesseln verstanden hat, was wiederum einen beflügelnden Effekt auf den Gestus und die Sicherheit des Redners hat. Ich jedenfalls fühlte mich angespornt durch das – wie mir schien – faszinierte Verhalten meines Auditoriums. Dass man dies möglicherweise auch als betretenes Schweigen hätte auslegen können, kam mir gar nicht in den Sinn.

Der Applaus am Ende meines Vortrags fiel verhalten aus, es war offensichtlich, dass meine Interpretation des Goethe'schen Werkes sich erst setzen musste. Wenn ich den Gesichtsausdruck meines Lehrers richtig deutete, so war dieser jedenfalls von meinen Auslegungen durchaus nicht überrascht, ja, er schien weitgehend mit mir einer Meinung zu sein.

Ob irgendjemand eine Frage, einen Kommentar habe? Nein, die Klassenkameraden waren von dem Wissenszuwachs, den sie durch mich erfahren hatten, noch zu sehr außer Atem. Da hob plötzlich der B. aus der letzten Reihe die Hand. B. war dafür bekannt, dass er schon über erhebliche sexuelle Erfahrungen verfügte, Atheist war und jedes Jahr nur mit Ach und Krach das Klassenziel schaffte. Außerdem hatte er erhebliche Schwierigkeiten einer Fremdsprache – unabhängig von der Richtigkeit des Gesagten – eine Färbung zu geben, die es ermöglichte, herauszufinden, welcher Sprache er sich gerade zu bedienen versuchte.

„Also ich finde das einen ziemlichen Schmarren", ließ er sich ungeniert vernehmen, „was soll denn das heißen „katholischer Sozialismus."

Das wusste ich nun freilich auch nicht. Mir wurde heiß und ich merkte, wie mir das Blut unweigerlich ins Gesicht stieg. Ehe ich aber dazu kam, irgendeinen gestotterten Unsinn von mir zu geben, sprang der Lehrer für mich in die Bresche. Das sei doch ganz klar, putzte er den B. herunter und erläuterte meine gestohlene doktorale Phrase mit großer Hingabe. Verstanden hat das der B. bestimmt nicht und auch mir war anschließend das, was ich da von mir gegeben hatte, nicht viel klarer als zuvor.

Der Lehrer jedenfalls gab mir nicht nur eine 1, sondern verkehrte hinfort mit mir sozusagen auf Augenhöhe.

Unsere Alm

Streng genommen ist „unsere" aus meiner Warte etwas frech. Es waren mein 5 Jahre älterer Bruder und einige seiner Fotografen-Freunde sowie einer, auf den später noch gesondert einzugehen sein wird, welche die Seeon-Alm ausfindig gemacht und den Bauern überredet hatten, sie ihnen für die Wintermonate zu überlassen. Ich weiß nicht einmal, wie viel sie ihm für das „Überlassen" zahlen mussten, denn auch als ich als offizieller Almnutzer anerkannt war, wurde ich als armer Student von den Kameraden nie dazu aufgefordert, meinen Obolus beizusteuern. Wahrscheinlich hat das mein Bruder großzügigerweise für mich übernommen. Aber ich denke, viel wird es nicht gewesen sein, was man ihnen damals abverlangt hat. Außerdem gab es ein Arrangement mit dem Bauern, dass wir im Herbst in einer großen Holzaktion das Brennmaterial für die Sommermonate und damit den eigentlichen Almbetrieb beibringen sollten. Später hat sich das dann geändert und am Geld hat es schließlich auch gelegen, dass wir irgendwann, nachdem der alte Bauer gestorben war, ausgebootet wurden.

Es waren jedenfalls wundervolle Jahre, in denen wir dort oben einen von München aus leicht erreichbaren Zufluchtsort für Prüfungsstress und Liebeskummer, allgemeinen Weltschmerz und generelles Auftanken für den täglichen Lebenskampf zur Verfügung hatten. Ja, das alles hat sie uns bedeutet, aber in allererster Linie war sie einfach ein Fleckchen Geborgenheit, das uns für die Wintermonate allein gehört hat. Sie hat uns spät in einer sternenklaren Herbstnacht den Rucksack auf der Holzbank vor der Hütte abstellen sehen, erschöpft nach stundenlangem Spuren durch tiefen Neuschnee oder – weniger dramatisch – an einem sonnigen Frühlings-Samstagnachmittag.

Sie hatte mehrere strategische Vorzüge. Da war zunächst einmal die bereits erwähnte Nähe zum heimatlichen München, so dass man auch noch mit dem letzten Zug am Freitag Abend nach Bayerischzell gelangen oder später, mit dem eigen Automobil, die Gaststätte „Rosengasse" ansteuern konnte. Von dort aus verlief die kürzeste Anstiegroute, wohingegen die freitagabendliche Anreise mit dem Zug eine nächtliche Wanderung von mindestens 4 Stunden in Kauf zu nehmen bedeutete. Einen Vorzug aber gilt es besonders hervorzuheben: Sie lag auf der Nordseite des Steilnerjochs, dessen Gratverlauf dann letztlich am Großen Thraiten endet, auf ca. 1400 m an einem kleinen See – und war vermutlich der Kältepol Bayerns. Das bedeutete zwar einerseits, dass die gelegentlich unvermeidbaren Expeditionen zu dem außen gelegenen Plumpsklo bei 20° unter Null eine gewisse Herausforderung darstellten, andererseits aber auch, dass die Alm ungefähr von Mitte September bis Anfang Mai uns gehörte, während auf gleich hoch gelegenen Almen mit südlicher Ausrichtung noch oder schon das Vieh weidete. Denn wenn sich einmal der erste Schnee in unserem Loch eingenistet hatte, ließ er sich in der Regel nicht mehr so leicht vertreiben. Und bis die Sonne im Frühjahr den Weg hinter den schützenden Grat fand, um die letzten Schneebestände wegzulecken, dauerte es seine Zeit.

Die wenig sonnige Lage war aber überdies dafür verantwortlich, dass sich kaum Touristen zu unserem Domizil verirrten. Die genossen lieber die Aussicht und die Sonnenwärme an den südseitigen Himmelmoosalmen. Das ist ein nicht zu unterschätzender Vorteil! Auch wir liebten den Blick hinüber zu den Felsgipfeln des Kaisergebirges und die Sonne auf dem Bauch. Dann stiegen wir eben im Herbst und im Frühjahr, wenn es sich auf der Südseite noch oder schon wieder sommerlich anfühlte, hinauf auf den Grat oder machten einen Spaziergang zu den Südalmen oder kletterten den leichten, aber trotzdem luftigen Westgrat zum Brünnstein hinauf.

Die Almhütte stand selbstbewusst etwas erhöht über dem kleinen See, der je nach Ausgiebigkeit der Niederschläge seine Größe variierte. Einen Zufluss hatte er nicht. Bei länger anhaltender Trockenheit konnte er schon bedenklich zu einer größeren Pfütze degenerieren. Hatten ihn aber im Herbst, vor den ersten starken Frösten, noch ein paar kräftige Regenschübe anschwellen lassen, so bot er uns im Winter eine herrliche Fläche für hitzige Eisstockturniere, auch wenn das Eis meist erst vom Schneebelag freigeschaufelt bzw. -gefegt werden musste. Dadurch nämlich, dass er in einem solchen Kälteloch angesiedelt war, überfror er zunächst mit einer spiegelglatten Decke und der nachfolgende Schnee war dann in aller Regel ebenfalls kalt und kristallin, ein richtiger Pulver halt, so dass es zu keiner Verbindung zwischen Schnee- und Eisdecke kam.

Bleiben wir aber noch ein wenig in der Vor-Winterszeit. Vor der Hütte gab es eine kleine Kiesterrasse, die mit einem Zaun aus knorrigen Astgebilden eingefriedet war. Und direkt vor der Hütte lehnte sich eine grobe Holzbank an die um diese Zeit nur noch kurz von der Sonne verwöhnte, geweißelte Wand. Davor träumte ein ehrwürdiger Tischveteran und lud zu deftiger Mittagsjause oder Nachmittagskaffee. Und wenn man sich einer solchen hingab, wurde man wohlwollend von einem direkt auf die weiße Wand gemalten kleinen Christopherus behütet. Gekocht wurde meistens erst abends. Dafür aber dann mit Eifer und – nicht zu wenig! Aus der heutigen Warte kann ich es nur als unglaublich bezeichnen, was man als junger Mensch in der Lage war, in sich hineinzustopfen. Ohne, dass einem schlecht geworden wäre, wohlgemerkt! Aber man hatte schließlich die Kalorien, die man sich da gehäuft zuführte, schon beim Heraufschleppen verbrannt. Nicht dass das damals ein ernsthaftes Argument gewesen wäre, die Ausrede konstruiert sich rein aus der heutigen blutdruck-, cholesterin- und zuckerbeeinflussten Alterssicht.

Kochen machte dort oben aber auch Spaß! Da gab es einen großzügig bemessenen Herd, der mit Holz beheizt wurde. Neben seiner Aufgabe als Kochfläche war er natürlich auch für eine gemütliche Hüttenwärme zuständig. Und es roch noch stundenlang nach dem Anheizen heimelig nach Holzfeuer, denn kitzeln ließ er sich schon, unser Ofen, wenn er im Winter ein paar Wochen vor sich hingefroren hatte, bis er seine Rauchgase – wie sich's gehörte – durchs Ofenrohr ins Freie abgab und nicht durch alle Ritzen in den Hüttenraum entließ. Wenn er dann wirklich in Schwung gekommen war, steuerte er aber gelegentlich ein markiges Knacken zum allgemeinen Wohlbefinden bei. Und auf einer solchen Herdplatte kann man wirklich kochen, das lässt sich gar nicht vergleichen mit einem Elektroherd! Vor allem gab es ein geräumiges Backrohr, in dem ein Schweinsbraten noch ein Schweinsbraten wurde. Und zu Weihnachten holte sich eine Gans eine verführerische Ofenrohr-Bräune. Lediglich der Karpfen, den wir uns einmal zu Silvester eingebildet hatten, entsprach nicht ganz den Erwartungen. Das hatte zum einen damit zu tun, dass wir unsere Vorräte im angrenzenden Stall zu lagern pflegten. Und bei 20° unter Null wurde auch der Stall zur natürlichen Gefriertruhe! Wahrscheinlich hatte aber auch noch nie jemand von uns einen „Karpfen blau" selbst produziert. Es wurde jedenfalls eher ein Karpfen-Sushi. Aber soweit sich das fast rohe Fleisch überhaupt von den Gräten lösen ließ – gegessen haben wir ihn!

Ja, an Weihnachten und Silvester waren wir natürlich besonders glücklich über unsere Alm. Der Heilig Abend wurde bei Mutters Spezial-Kartoffelsalat und einem reichhaltigen Sortiment an Würsten verbracht, am ersten Feiertag ließ man sich noch das Festtagsessen schmecken und dann ging es entweder gleich nach dem Essen oder früh am Morgen des zweiten Feiertags mit den prall gefüllten Rucksäcken und den Skiern per Bahn oder – später mit dem Auto – nach Bayerischzell. Es folgte der beschwerliche Aufstieg, einerseits beschwerlich im wahrsten Sinne des Wortes wegen der schweren Lasten auf unserem Buckel. Andererseits verlief unsere Anstiegsroute so untouristisch, dass wir uns an keine vorgefertigte Spur halten konnten, sondern in der Regel mit mühsamer Spurarbeit konfrontiert wurden. Umso befriedigter lagerten wir dann in der gemütlichen Stube um den groben Holztisch, freuten uns am allmählich Wärme spendenden Ofen, am Anblick der mitgebrachten weihnachtlichen Backwaren, die wir in der Fenstercharte gestapelt hatten und dem Gefühl unserer ungestörten Bergeinsamkeit.

Den nötigen Appetit für die abendlichen Fressorgien holten wir uns in den folgenden Tagen auf teilweise recht abenteu-

erlichen Skiexkursionen zum Steilner Joch oder zum Thraiten, wobei wir meistens dem genau in Ost-West-Richtung
verlaufenden Grat folgten, weil man dort oben – sofern das
Wetter mitspielte – Sonnenwärme tanken und gleichzeitig
das Panorama der nordkalten Felswände des Kaisers bestau-
nen konnte. Die Abfahrten waren meistens ein gewagter Ritt
durch Baum- und Buschwerk und – wenn die Schneebeschaffenheit es nur irgendwie zuließ – auch riskant steil!
Aber wir kannten ja inzwischen das Terrain, wussten, wo
wir uns wann trauen konnten und mit unseren 1-Meter Brettern waren wir sicher und wendig.

Mit Eisstockschießen und Skifahren waren aber unsere
sportlichen Aktivitäten noch nicht erschöpft: In mühevoller
Arbeit, aber mit großem Enthusiasmus machten wir uns ein,
zwei Tage vor Silvester an den Bau einer Skiflugschanze.
Das jährliche Neujahrsspringen in Garmisch galt uns als
Vorbild, nur dass wir das Ritual etwas strenger auslegten als
die Garmischer: Während sich dort die ersten am frühen
Neujahrs-Nachmittag in die Tiefe stürzten, flogen wir anfangs ausgerüstet mit einer Sturmlaterne in der Hand, später
mit einer funzeligen Stirnlampe am Kopf zum wahren Neu-
jahrsbeginn, also um 0 Uhr, in die Nacht hinaus und lande-
ten nach 5-10 m eher unsicher – selten, dass ein Sprung gestanden wurde. Meist rodelten wir auf dem Hintern den
Auslauf hinunter. Es wurden aber auch spektakuläre Flug-
bahnen beobachtet, bei denen der Flugartist seine Skispitzen
senkrecht in den Auslauf bohrte. Den Skispitzen ist das
nicht sonderlich gut bekommen, den kühnen Männern auf
ihren fliegenden Brettern ist dagegen wunderlicherweise nie
etwas passiert.

Die Konstruktion der Schanze hing allerdings wesentlich von der Schneebeschaffenheit ab: Pappschnee eignete sich dafür natürlich am besten, wohingegen mit kaltem, trockenem Pulver jede Konstruktionsmühe vergebens war. Und diesen bautechnisch bevorzugten Schnee gab es um diese Jahreszeit in unserem Kälteloch eher selten. In einem solchen Fall stiegen wir ausgerüstet mit einer 2-Literflasche Wein und einigen Raketen auf den Grat hinauf und erwiderten das Feuer, das aus dem Inntal bei Kiefersfelden rot und grün und silbern in den Nachthimmel gezaubert wurde. Meist aber waberte dort unten nur ein vielfarbiger Vorhang aus Nebel, der sich in kalten Nächten über dem Fluss bildete, während wir unter sternenklar funkelndem Himmel das neue Jahr gebührend begrüßten. Die Funktion der 2-Literflasche bestand dabei nicht nur darin, über ihren Inhalt dem silvesterlichen Flüssigkeitsbedarf Genüge zu tun, sie diente auch als Abschussrampe für die Raketen. In einer besonders kalten Silvesternacht, als uns gar nicht so recht nach kaltem Wein war, wurden die Feuerwerkskörper dann halt aus der halb geleerten Flasche in den Himmel geschickt. Der Rebensaft erfuhr dadurch eine zusätzliche vehemente Schwefelung. Der Wein hätte sich auf diese Weise wahrscheinlich noch Jahrzehnte gehalten. Nach der rasanten nächtlichen Abfahrt und der Rückkehr in die warme Hüttenstube kam uns der restliche Liter aber natürlich gerade recht. Was den Wein vor Fäulnis geschützt hätte, wirkte sich allerdings auf manchen Verdauungstrakt gegenteilig aus.

Wenn uns aber der Haber gar zu sehr stach, konnte es auch sein, dass wir eine nächtliche Expedition zu einer der umliegenden Almen unternahmen und deren Bewohnern mit schauerlichem Gebrüll, unterstützt durch den Einsatz von pyrotechnischen Materialien, ein gruseliges Silvesterspektakel bescherten. Ein solcher Überfall auf die gut ½ Stunde unter uns gelegene Baumoosalm ist mir als besonders gelungen in Erinnerung geblieben. Das Dach der Hütte war mit einer gut 1 m dicken Schneedecke verkleidet, so dass es kein Problem darstellte, samt Ski den Dachfirst zu erobern. Nachdem wir den Kamin mit einem angemessen Quantum an Knallfröschen gefüttert hatten, staubten wir im Schuss über das Dach hinunter und schwangen elegant vor der Hüttentüre ab. Angeblich soll ich der Einladung nach innen samt Ski gefolgt sein und die Hüttenbesitzer mit einer Abfahrt über die Treppe, die zu den Schlafräumen hinaufführte in Erstaunen versetzt haben. Daran kann ich mich zwar nicht erinnern, aber falls es stimmen sollte, spricht das nur für meine skifahrerischen Qualitäten, die ich damals zweifellos hatte. Was mir allerdings deutlich im Gedächtnis haften geblieben ist: Der Aufstieg zurück zu unserer Hütte im grundlosen Schnee des steilen Bergwalds ließ die meisten von uns wieder relativ nüchtern werden.

Jetzt ist es aber an der Zeit, auf den im ersten Satz erwähnten zusätzlichen „einen" zurückzukommen. Natürlich nannten wir ihn auch nicht den „Einen", sondern den „Langen". Was er seinem knapp 2 m aufragenden Gestell verdankte. Aber er konnte sich rühmen, nicht nur mit einem Spitznamen belegt zu sein: Gelegentlich hieß er auch der „Forscher". Das wiederum rührte von dem Umstand her, dass er Maschinenbauingenieur und außerdem ein fanatischer Bastler war. Auf ihn ging eine Spezialbindung für unsere „Kurzen" zurück, er etablierte für unsere herbstlichen Holzaktionen eine Seilbahn, an der die in den steilen Flanken unseres südlich aufragenden Gratrückens gefällten Bäume mit Geschwindigkeiten nahe der Schallgrenze in die Nähe unserer Hütte verfrachtet wurden und er revolutionierte das Skifliegen! Zwar nicht unser nächtliches Neujahrsspringen, aber er entwarf und konstruierte vermutlich einen der ersten Drachen. Und mit dem segelten wir mit den Skiern an den Füßen bis zu 1 km weit über geeignetes Terrain und hatten den größten Spaß dabei. Später hat er das dann professionell betrieben – nicht das Fliegen, sondern das Konstruieren.

Ein besonderer Segen war die Alm für unser Familienleben. Ja sogar am Zustandekommen desselben hatte sie gewissen Anteil. Meine spätere Frau beispielsweise erschien kurz nach Weihnachten damals noch in Begleitung meines Freundes das erste Mal auf der Alm. Dass ich ihnen entgegengegangen bin und ihr in Sonderheit den Rucksack abgenommen habe, hat mir sicherlich ein paar Vorteilspunkte um ihre Gunst eingebracht. Als ich sie endlich ganz von meiner Unentbehrlichkeit überzeugt hatte und später unsere Menschheitsvermehrungsbemühungen von Erfolg gekrönt waren, empfanden wir es als eine Selbstverständlichkeit, dass unserem Nachwuchs ein frühzeitiger Einblick in Abhärtungs- und Überlebensstrategien nicht schaden konnte. Und so feierten sowohl der Sohn als auch die erste Tochter ihr erstes Silvester im zarten Alter von nicht einmal 1 Jahr bereits in frostiger Gebirgsluft. Der Vater absolvierte hier seine ersten Testschwünge mit dem Sohn im Rucksack auf dem Buckel, was zur beiderseitigen Befriedigung verlief und die Grundlage für manche anderweitig angesiedelte Skiunternehmung in dieser Besetzung führte und die Tochter verhalf sich in einem unbeobachteten Moment zu ihrem ersten Rausch.

Zunächst erforderte aber so ein zusätzlicher Hüttengast eine sehr viel durchdachtere Logistik, als das bisher nötig gewesen war. Nicht nur, dass die zu befördernde Speditionsware sich in Konsistenz und Volumen erheblich veränderten, der Hüttengast selbst musste expediert werden. Das geschah in der Regel auf dem Buckel seiner Mutter, warm eingepackt in einem mit Kleidung ausgestopften Rucksack. Das Tragegerät des Vaters beherbergte dagegen im ersten Transportschub neben leichteren Überlebens-Accessoires, wie Schinken, Nudeln, Brot und Käse vornehmlich kinderrelevante Nahrungsmittel und Windeln, während Schweinshaxe, Sauerkrautbüchse und Weinflaschen erst im zweiten Anlauf nach oben befördert wurden.

Die Ecke der Eckbank war forthin in den Morgen-, Abend- und Schlechtwetterstunden für den jeweiligen Nachwuchs reserviert. Ansonsten aber boten sich vor der Hütte vielfältige Beschäftigungsmöglichkeiten, sei es nun mit Holzschnitzeln oder -spänen, Steinen und Vogelfedern im Herbst oder Schnee im Winter. Die roten Backen und das ausgelassene Krähen auf der Eckbank im Anschluss an solche Spielfestivitäten im Freien belegten in eindruckvoller Weise die Abhärtungstheorie unseres Kinderarztes. Besonders belebt wurde die Szene natürlich, wenn gleichzeitig auch Teile der Nachkommenschaft der Freundesseite anwesend waren. Dann galt es Behauptungskämpfe um genau das eine Holztrum unter den vielen herumliegenden zu schlichten, durch Alternativen abzulenken und gelegentlich Kampfesspuren medizinisch zu behandeln.

Mit der Erweiterung des Familienbetriebes um die kleine Nicola wurden die Beförderungsmaßnahmen vor neue Herausforderungen gestellt. Im Herbst blieb dem 4-jährigen Sohn nichts anderes übrig, als selbst zu laufen. Nachdem wir den kleinen Treibauf bei der Ehre gepackt und ihm eingeredet hatten, dass er ja nun der „Große" sei, tat er das auch mit Eifer und Ernsthaftigkeit. Im Winter wurde das aber gelegentlich schon zu einem strategischen Problem und streckenweise musste der Vater das Bürschchen zusätzlich zum Rucksack auf die Schultern nehmen. Irgendwie ist es aber immer gegangen und die herrliche Zeit dort oben bei Sonne im frisch gefallenen Schnee, bei wild um die Hütte wirbelndem Wind auf der Ofenbank und Kissenschlachten im Matratzenlager haben die Schinderei schnell vergessen lassen.

Es war ein bitterer Moment, als uns eröffnet wurde, dass im nächsten Winter eine andere Gruppe ihre Ski an den Zaun vor „unserer Alm" lehnen würden. Irgendeine von der Jungbäuerin falsch verstandene Bemerkung zusammen mit einem besseren Geldangebot hatten uns aus unserem Paradies vertrieben. Und alle Bemühungen über Annoncen im „Almbauern" und im „Miesbacher Merkur" sowie über Streifzüge durchs Gebirge, in der Hoffnung durchs Hören-Sagen einen Glückstreffer zu landen, waren nicht von Erfolg gekrönt. Die Erinnerung an eine herrliche, unbeschwerte Zeit kann uns aber niemand nehmen.

Kinderkleidermarkt

Meine Frau als leicht verführbar zu bezeichnen, wäre sicherlich nicht gerechtfertigt. Jedenfalls nicht in der Hinsicht, wie man Frau und Verführung normalerweise in Zusammenhang bringt. In einem Punkt aber ist sie es: Märkte ganz allgemein – vor allem in fremdländischen Urlaubsgebieten – und Flohmärkte und Kinderkleidermärkte im Besonderen haben auf sie den gleichen Effekt wie Honigwaben auf Bären. Was die Kinderbekleidung betrifft, so fehlt es ihr auch nicht an Ausreden. Immerhin gibt es 6 Enkel bzw. -innen, die sich mit den Erwerbungen beglücken lassen. Das Verhältnis des dabei sich entfaltenden Glücksgefühls zwischen dem Akt des Erwerbens und dem des Beglückens würde ich grob geschätzt auf 2:1 veranschlagen.

„Du willst doch sicher einen Kuchen zu deinem Nachmittagskaffee", fragt sie mich mit unschuldiger Miene an einem Sonntagvormittag. Lange genug sind wir verheiratet, um nicht an Art und Tonfall der Fragestellung intuitiv zu erkennen, dass es geraten scheint, vorsichtig zu sein. Als ich nicht kategorische Ablehnung signalisiere – bei aller gebotenen Skepsis fehlt es mir da auf die Schnelle an einem glaubhaften Argument – werde ich auch sogleich bestätigt. „Dann könnten wir heute Nachmittag einen Spaziergang im Steinbachtal machen und vorher noch kurz in St. Bruno vorbei schauen." Den Grund hierfür gibt sie damit noch nicht preis. Erst mein gekonnt Unverständnis heuchelnder Blick ringt ihr die Erklärung ab. „Da ist doch heute Kinderkleidermarkt." „Doch heute!". So, als stünde das seit Anfang des Jahres im Kalender oder sei mit Lautsprecherdurchsagen die ganze vergangene Woche verkündet worden. Und dann schiebt sie schnell noch das ursprüngliche Thema nach: „Da gibt es ja immer ein Büffet mit Selbstgebackenem."

Sind wir irgendwo um 18:30 Uhr zum Essen eingeladen oder beginnt das Theater um 20 Uhr und ich rüste mich nach sorgfältig kalkulierter Fahrzeit inklusive eines dem Ereignis angemessenen Sicherheitsfaktors zum Aufbruch, so heißt es „willst du wieder unbedingt der erste sein" oder „hast du Angst, dass du etwas verpasst" und „also 5 Minuten brauche ich schon noch." Dass das Zeitmaß einer Frau nicht mit der offiziellen Definition übereinstimmt, dementsprechend ein mittlerer Sonnentag dem „Zeitraum zwischen zwei aufeinanderfolgenden unteren Kulminationen der mittleren Sonne" entspricht und dieser in 24 Stunden und die Stunde in 60 Minuten eingeteilt ist, dürfte jedem Mann geläufig sein. Insofern verblüfft es, dass sie um 13:30 Uhr zum Aufbruch drängt, – der Basar, so habe ich in Erfahrung gebracht beginnt um 14 Uhr – denn je nachdem, ob ich St. Bruno durch die Stadt, über die Autobahn oder – verbotenerweise – von Höchberg aus durch das Steinbachtal ansteuere, an einem verkehrsarmen Sonntagmittag werden wir mit Sicherheit nicht mehr als 15 Minuten benötigen. Außerdem scheint es mir völlig bedeutungslos, wenn man sich tatsächlich um 5 oder 10 Minuten verspäten würde. „Nein, nein, man muss da schon immer mindestens ¼ Stunde vorher da sein, sonst sind gleich die ganzen Schnäppchen weg."

Am Austragungsort angekommen, verstehe ich die Sorge meiner Frau: Vor dem Portal zum Gemeindesaal der Kirche drängen sich weibliche Schnäppchen-Jäger, deren Mienen verraten, dass sie den Nahkampf nicht fürchten. Einen Parkplatz im Umkreis von 500 m sucht man ohnehin vergebens, selbst wenn man Parkverbots- oder Hinweisschilder auf Garagenausfahrten ignorieren würde, wie das viele ungeniert tun. Als ich endlich einen Platz für mein Auto gefunden habe und zur Arena zurückkehre, werde ich Zeuge einer Auseinandersetzung mit einem Garagenbesitzer und einem solchen Hinweisschildmissachter: „Meine Frau ist schwanger und es ist ja nur für eine Viertelstunde" versucht der Frevler den um seine Ausfahrt Besorgten zu besänftigen. Entweder der gute Mann hat noch nie einer solchen Aktion beigewohnt oder er ist ein unverfrorener Lügner!

Ich betrete den Ort des Geschehens. Bereits unmittelbar nach der Eingangspforte, im Vorraum, zwängen sich die ersten beiden Stände in eine Nische. Rosa Kleidchen, Jeans für den jungen Windelträger, grell buntes Plastikspielzeug und zwei sichtlich entspannte, aber doch freudig in ihre Aufgabe absorbierte Anbieterinnen. Man merkt den Damen an, dass sie keine Unerfahrenen sind. Anders verhält sich das bei der jungen Mutter, welche ihre Ware auf dem ersten Tischchen unterhalb der Eingangsempore ausgebreitet hat. Ihr Gesicht glüht vor Aufregung, während sie einer gelegentlichen Interessentin ihr Angebot erläutert und sich zwischendurch ihrer kleinen Tochter, die offenbar selbst etwas Verlockendes entdeckt hat, geduldig erwehren muss. Für einen Beobachter ist das Terrain ideal: Der Eingangsbereich ist gegenüber dem Saalniveau erhöht wie eine Bühne, so dass man das Gewühl ziemlich ungehindert im Blickfeld hat. Trotzdem braucht es seine Zeit, bis ich den Kopf meiner Gattin ausgemacht habe. Nicht nur, dass ihr der weiße Haarhelm gut steht, ihre Identifikation innerhalb einer Menschenmenge gelingt sehr viel schneller, seit sie sich dazu durchgerungen hat, ihr ergrautes Haupt nicht mehr durch Farbe zu verjüngen.

Eines ist jedenfalls auf einen Blick erkennbar, dass sie mich momentan weder vermisst noch für irgendwelche schwerwiegenden Entscheidungen braucht. Also kaufe ich vorsichtshalber einen Teil des Kuchenbüffets auf und verfrachte meine Beute zum entfernt geparkten PKW. Sodann kehre ich zurück, um mich ganz der Beobachtung weiblichen Kaufrausches hinzugeben. Was man an einem Sonntagnachmittag eigentlich erwarten würde, wäre eine heitere, entspannte Atmosphäre und freundlich miteinander tratschende Mütter und Großmütter. Stattdessen sieht man Konkurrentinnen, deren Blicke unruhig von Stand zu Stand fliegen – man könnte ja etwas versäumen und der aggressiven kleinen Dicken, die schon eine überdimensionale tchibo-Tasche prall gefüllt mit sich herum schleppt, würde man es schon gar nicht gönnen! Die Gesichter lassen hohe Konzentration erkennen, nur gelegentlich erhellt ein kurzer Freudenschimmer die Miene, wenn unter dem Haufen bereits mehrfach begutachteter Ware ein bislang übersehenes, besonders hübsches Kleidchen oder ein exklusiver Schneeanzug entdeckt worden ist, um sich dann aber sofort wieder in den Griff zu bekommen und Desinteresse zu heucheln. Schließlich muss man die verlangten 5 € mindestens auf 3.50 herunterhandeln! Oftmals ist es aber auch tatsächliche Unentschlossenheit, wenn das tadellose Schnäppchen kritisch nach Gebrauchsspuren abgesucht, gegen das Licht gehalten und im Geiste um die oder den zu Beglückenden drapiert wird, obwohl ich als neutraler Beobachter jede Wette eingehen würde, dass die Kaufentscheidung tief im Inneren längst gefallen ist.

Und dann löst sich unverhofft der Blick meiner Frau von Spielzeug, Regenjacken und Gummistiefeln und sie sucht sichtlich nach mir. Ich weiß nicht, ob sie nun alles gesehen oder kein Geld mehr hat, ob sie erschöpft ist oder nichts mehr tragen kann, jedenfalls verlässt sie das Schlachtfeld, die Anspannung ist abgefallen, Zufriedenheit und Stolz auf den Handelerfolg spielen in ihrem Gesicht. Von einem Spaziergang ist nicht mehr die Rede. Ich lege auch keinen gesteigerten Wert mehr darauf. Ich möchte zu meinem Nachmittagskuchen.

Kunst

Politik „bezeichnet jegliche Art der Einflussnahme und Gestaltung sowie die Durchsetzung von Forderungen und Zielen, sei es in privaten oder öffentlichen Bereichen." Es gibt dabei bis heute keine Einigkeit darüber, ob Macht, Konflikt, Herrschaft, Ordnung oder Friede die Hauptkategorie von Politik ausmachen.

Diese Erklärung für den Begriff „Politik" findet man im Internet bei Wikipedia. Sucht man dort gleichermaßen für eine Beschreibung des Begriffes „Kunst", so ist dort die Aufzählung der Kategorien *Bildende Kunst, Darstellende Kunst, Literatur* und *Musik* unter dem Sammelbegriff „Schöne Künste" wohl kaum umstritten. Was mir persönlich als Schlagwort bei dem einen wie bei dem anderen fehlt, ist das Prädikat „Verlogenheit". Und mir scheint, dass bei beiden, der Politik und der Kunst, die Verlogenheit ein ganz wesentliches Element darstellt.

Manche Politiker mögen ja, wenn sie den Eid „Zum Wohle des deutschen Volkes" leisten, tatsächlich noch von ehrlichen und hehren Gedanken beseelt sein. Spätestens aber, wenn die nächste Wahl ansteht, steht im Vordergrund der Überlegung das Wohl der Partei bzw. das eigene Wohl, sprich das Wiedergewählt-Werden.

Ein wenig anders verhält es sich mit der Verlogenheit in der Kunst. Dort wird man in den seltensten Fällen dem Künstler selbst diesen Vorwurf machen können. Obwohl ein Schriftsteller durchaus der Versuchung erliegen kann, sich dem Geschmack eines Lesepublikums zu beugen, was er im Inneren seiner Schriftstellerseele zutiefst verabscheut, ihm aber das finanzielle Überleben sichert. Herausragendes Beispiel dafür ist Anaïs Nin, die dieses Überlebens willen für irgendeinen geilen Abnehmer pornografische Geschichten erfand (die allerdings später doch zu schriftstellerischer Kunst erhoben wurden). Außerdem hat man bei dieser Schriftstellerin nicht den Eindruck, dass sie das sonderliche Überwindung gekostet hat.

In der Bildenden Kunst hätte ich mir schon vorstellen können, dass Beuys gelegentlich sein Publikum ein wenig auf den Arm nehmen wollte – wenn nicht seine Art und sein gesamter Habitus dagegen gesprochen hätten. Bei Picasso dagegen bin ich mir beinahe sicher, dass er über genügend Schalk verfügt hat, um genau so etwas zu tun.

Nun gilt es allerdings das „Publikum" in dieser Kunstkategorie noch etwas zu differenzieren. Man kann hier wohl 3 Gruppierungen unterscheiden: Den einfachen Kunstfreund, der meist nicht über eine relevante Ausbildung aber einen – durchaus beeinflussbaren – Enthusiasmus verfügt. Den Kunstkritiker, der zwar in der Regel ein fachspezifisches Studium absolviert hat und mit einem gehörigen Quantum an theoretischem Hintergrundwissen ausgestattet ist, selbst aber nicht in der Lage wäre, die Theorie in die Praxis umzusetzen. Das hat er irgendwann einmal schmerzlich erkennen müssen. Da er aber nun einmal in Begeisterung für die Kunst entflammt war, verlegte er sich zumindest darauf, über andere, die ein solches Hemmnis – oder eine solche Selbsterkenntnis – nicht hatten, mit möglichst geschwollener Ausdrucksweise euphorische oder vernichtende Urteile zu sprechen. Hierbei ist es übrigens belanglos, ob dieser Kritiker die Berufung verspürt, sich über Gemälde und Skulpturen, Theaterinszenierungen und deren schauspielerische Umsetzung, über Musik oder Literatur zu äußern. Einzig bei der Bildenden Kunst spielt dagegen noch eine dritte Gruppe eine gewichtige Rolle: Der Kunstexperte, der dem übrigen Publikum mit relativ unverfrorener Gewissheit diagnostiziert, ob es sich bei dem unter obskuren Umständen aufgetauchten Gemälde von van Gogh, Renoir oder Rubens um ein Original oder eine Fälschung handelt.

Hier nun entfaltet sich die Kunstverlogenheit zu voller Größe: Ein Experte kommt nun, nachdem das Werk eine Weile begeistert betrachtet, gefeiert und gelobt worden ist, zu dem Schluss, dass es sich aufgrund der (nur ihm ersichtlichen) andersartigen Pinselführung, der kompositorischen Anordnung der dargestellten Landschaft, Personengruppe etc. oder der Farbzusammensetzung, um eine Fälschung handele. Das Gemälde, für das bereits schwindelnde Millionenbeträge gehandelt wurden, ist plötzlich nichts mehr wert. Mir, dem Laien, hat es gefallen oder nicht gefallen, unabhängig von für mich ohnehin nicht nachvollziehbaren Spitzfindigkeiten. Und daran ändern auch sämtliche Expertisen nichts.

Eine höchst unerfreuliche Erfahrung aus meiner Schulzeit, bei der es zwar nicht um Fälschung, wohl aber um Geld ging, ist mir immer noch sehr lebhaft im Ohr: Wir waren mit unserem Kunstlehrer in der Pinakothek in München. Ein an sich außerordentlich lobenswerter Vorgang, der meiner Beobachtung nach in Deutschland viel zu wenig Anwendung findet. Mir fällt bei Museumsbesuchen im Ausland immer wieder auf, dass dort eine ungleich größere Anzahl von Schulklassen – in Sonderheit französische – anzutreffen ist als in deutschen Landen. Es macht schließlich auch weit mehr Sinn, Kinder und Jugendliche vor Ort an die Kunst heranzuführen, als ihnen kunsthistorische Vorträge in Klassenzimmern zu halten.

In meinem Fall nun war diese „Heranführung" an die Kunst eher destruktiv. So weit ich mich erinnere – aber da mag mich die Erinnerung, überdeckt durch das weitere Geschehen durchaus im Stich lassen – waren wir weitgehend uns selbst überlassen, d.h. es mangelte an Erläuterungen, die hätten Begeisterung oder zumindest Verständnis bewirken können. Zufällig in der Nähe unseres Betreuers äußerte ich mich ziemlich abfällig über ein Gemälde. Ich weiß nicht mehr, ob mir speziell die farbliche oder die kompositorische Gestaltung missfiel oder ich einfach überhaupt mit dem Dargestellten nichts anfangen konnte. Jedenfalls war mein Lehrer über meine Ignoranz entsetzt. „Ludwig-na", er hängte gern nach einem nicht ganz nachvollziehbaren Muster ein „-na" an Namen, Sub- oder Adjektive, „Ludwig-na, das ist ein Renoire-na, der ist mindestens 100 Tausend Mark wertna"! Was wiederum mich entsetzte. Und nachdem ich schon damals relativ aufmüpfig war, antwortete ich ihm, dass mir das völlig egal sei, mir gefalle es nun einmal nicht.
Der Namen also bestimmt den Wert, nicht das Produkt an sich.

Während ich dies niederschreibe, beherrscht eine solche Verlogenheits-Episode die Kulturseiten der Welt- und Provinzpresse: In New York ist ein seit mehr als hundert Jahren verschollenes Gemälde Leonardo da Vincis, „Salvator Mundi", aufgetaucht. Dass es ein solches Bildnis gegeben hat, steht, da es sich ehedem einmal im Besitz des englischen Königshauses befunden hat, außer Zweifel. Angezweifelt könnte allerdings die Echtheit des Bildes werden. Deshalb hat die New Yorker Galerie, welche die Wiederentdeckung bekannt gab, mehrere angesehene Experten zu Rate gezogen, die einhellig die Meinung vertraten, dass der Verdacht der Fälschung ausgeschlossen werden könne. Damit aber, so liest der erstaunte Laie, sei noch keineswegs die Echtheit erwiesen. Ein Leipziger Kunsthistoriker sabotiert die euphorische Stimmung nämlich mit der Aussage, es könne dennoch sein, dass ein Schüler des großen Meisters zumindest in Teilen des Gemäldes den Pinsel geführt habe. Das sei, so gibt dieser Mensch erstaunlicherweise zu, allerdings schwer nachzuweisen. Man fragt sich wahrhaftig, ob eine solche Idiotie noch zu toppen ist!

Immerhin: sollte sich die Meinung der Übersee-Experten durchsetzen, so wird das Werk auf die stolze Summe von 142 Millionen Dollar geschätzt. Setzt sich der Leipziger Nörgler durch, muss man wahrscheinlich die 6 Nullen wegstreichen. Die Darstellung an sich scheint hingegen weder die einen noch den anderen zu interessieren.

Begeben wir uns in ein anderes Kunst-Ressort.

Wie leicht ein Theater-Publikum einerseits durch große Namen geblendet und andererseits durch Kritiker-Kommentare manipuliert werden kann, ist wohl nirgendwo so gleichermaßen amüsant wie treffend vorgeführt worden wie durch den „Monaco Franze" Helmut Fischer in der Figur des „ewigen Stenz" in der gleichnamigen Fernsehserie des Bayerischen Fernsehens der 80er Jahre: Er, ein Prototyp von Kunstbanause, holt sich, nach einer Opernaufführung in Gesellschaft der Münchner Noblesse, heimlich die Meinung des anwesenden anerkannten Kunstkritikers ein. Diese ist vernichtend. Natürlich überbietet sich die Noblesse beim anschließenden gemeinsamen Ausklang des Abends in einem Restaurant in überschwänglichem Lob für die Aufführung. Lediglich der Monaco, wirft, gestützt auf sein heimliches Wissen, ein, dass das ein ganz schöner Scheiß gewesen sei. Natürlich wird er gutmütig belächelt – man kennt ja seine Ignoranz in künstlerischen Dingen. Umso mehr kann er sich folgenden Tages nicht nur in hohem Ansehen sonnen, nachdem die vernichtende Kritik des Kritikers in der Zeitung erschienen ist. Auch seine kunstbeflissene Gattin bekennt plötzlich, dass sie den Wortführer schon immer für reichlich blasiert und borniert gehalten habe.

Ich selbst habe eine solche abrupte Meinungsänderung eines Theaterpublikums – und damit auch die eigene Kritiklosigkeit der Besucher – in unserem Stadttheater erfahren. Dessen Intendant (des Jahres 2010, um nicht einen Vorgänger oder Nachfolger im unrechten Licht erscheinen zu lassen) war als solcher nicht unumstritten. Ein diesbezügliches, substanzielles Urteil möchte ich mir allerdings nicht anmaßen. Was mich aber verblüfft, ist der Umstand, dass er gelegentlich immer wieder einmal meint, Regie führen zu müssen. Doch dafür – und diese persönliche Einschätzung erlaube ich mir – taugt er schlichtweg nicht. Die Inszenierung des „Amadeus" von Peter Staffer war derart läppisch und mit geradezu kindischen „Gags" befrachtet, dass ich mich nicht erinnern kann, jemals etwas Miserableres gesehen zu haben.

Interessant war aber die Publikumsreaktion. Wenn man das Auditorium verlässt, muss man sich gar nicht sonderlich bemühen, einen Eindruck davon zu bekommen, was denn das Publikum für einen Eindruck mitgenommen hat. Man tauscht sich aus, mit dem Begleiter oder der Begleiterin, stöhnt erleichtert angesichts des Endes oder versprüht ein beglücktes Lächeln, ob der hervorragenden Vorstellung. „Ja, doch ...", man lächelte, wenn auch vielleicht nicht beglückt, so doch zustimmend, „ein schöner Abend ..." Erst als ich im Foyer, auf die Frage von einigen Bekannten, wie es mir denn gefallen habe, vernehmlich vernehmen ließ, dass ich so einen Mist noch nie gesehen hätte, traute sich so mancher der Umstehenden, – wenn auch gemäßigter – ähnlich zu äußern.

Doch kehren wir zurück zur Malerei – und zu den professionellen Kritikern und den durch ein entsprechendes Studium, einen Dr.- oder gar Prof.-Titel als Experten Ausgewiesenen.

Natürlich möchte ich niemandem aus diesen Kreisen absprechen, dass er/sie über ein profundes Wissen verfügt, was die technischen Details ebenso wie die kunsthistorischen hinsichtlich unterschiedlicher Epochen und Stilrichtungen betrifft. Wo sich mir aber die Nackenhaare sträuben, ist, wenn mir ein solcher Experte erzählen will, was sich der Künstler bei der Anfertigung eines Bildes gedacht hat. Man kann ja Mutmaßungen anstellen, seine eigenen Interpretationen preisgeben: „Ich könnte mir vorstellen, dass der Künstler sich dabei inspiriert gefühlt hat durch ..." „Man glaubt, dass er dieses Bild im Zustand großer Trauer, Melancholie oder überschäumenden Glücks geschaffen hat". Aber nein, aus dem Munde der Frau Dr. heißt es: „... und man erkennt deutlich, dass der Künstler von tiefer Verzweiflung erfüllt war." Eine schlichte Frechheit!

Es war, als unsere Stadt durch den sog. „Kulturspeicher" im Bereich des „Alten Hafens" bereichert und die „Städtische Galerie" dorthin umquartiert wurde. Sozusagen zur Verabschiedung hatte man in der Galerie eine Ausstellung „Porträts fränkischer Maler" organisiert. Im Foyer hielt eine Frau Dr. Kunsthistorikerin einen Einführungsvortrag. Ich glaube, ich bin nach 20 Minuten davon gelaufen, weil ich mir diese Überheblichkeit nicht länger anhören konnte. Übrigens hat sich die unverfrorene Schilderung dessen, was die Künstler bei ihrer Arbeit gedacht und empfunden haben, etwa über eine Stunde hingezogen.

Wenn ich sage „davon gelaufen", so heißt das nicht, dass ich mich in die nächste Kneippe gerettet hätte. Ich habe mir die Ausstellung angesehen. Und das konnte ich in aller Ruhe tun, denn ich war ja völlig allein. Das heißt – nicht ganz allein. Noch einer hatte nämlich heimlich das blasierte Geschwätz geflohen und betrachtete nun mit Kennermiene die Galerie der ausgestellten Bilder. Ich erkannte in ihm den weithin angesehenen Maler L. und packte die Gelegenheit beim Schopf: „Was empfinden **Sie** jetzt eigentlich dabei, wenn man **Ihnen** erklärt, was **Sie** sich bei **Ihrer** Arbeit gedacht haben?" Die Antwort vermittelte mir einen hohen Grad an Befriedigung. „Ist doch alles ein Scheiß!"

Sprach's, erkundigte sich nach meinem Namen – er habe mich auch schon einmal irgendwo gesehen, reichte mir freundlich die Hand und vertiefte sich wieder in die ungestörte Betrachtung der Bilder seiner Kollegen.

Fortbildung

Der bayerische Staat meint es gut mit den Lehrenden an bayerischen Fachhochschulen. Er ist um die Fortbildung derselben besorgt. Das ist nicht nur gut so, sondern tut auch gelegentlich not. Natürlich sollte man meinen, dass es für Professoren eine Selbstverständlichkeit wäre, sich selbst darum zu bemühen, immer up-to-date zu sein, was die Entwicklung auf dem jeweiligen Fachgebiet betrifft. Und das wird im Allgemeinen auch der Fall sein. Trotzdem – Fortbildung hat viele Facetten und bei manchem bedarf es durchaus der Unterstützung bzw. Motivation durch den Arbeitgeber.

Was jeder für sich tun kann, ist das aufmerksame Verfolgen der Fachliteratur, die sicherlich in jedem Fachbereich verfügbar ist. Aber jeder weiß, dass Theorie, wissenschaftliche Erkenntnisse, Erfahrungsberichte die eine Seite der Medaille sind, praktische Anwendung und insbesondere eigene praktische Umsetzung solcher Erkenntnisse aber die andere. Den Einsatz neuartigen Instrumentariums, neuer Mess- und Auswertemethoden zu predigen, ohne selbst einmal damit gearbeitet zu haben, behält einfach den Charakter von Lehrbuchweisheit. Und für jemanden, der anderen, in diesem Fall seinen Studenten, einen Sachverhalt vermitteln soll, ist eine kleine Geschichte aus der eigenen Erfahrung **die** Essenz schlechthin. Hierfür wäre die vom Ministerium vorgesehene Möglichkeit, ein Freisemester zu nehmen, um sich wieder einmal Impulse aus der Praxis zu holen, eine hervorragende Einrichtung. Weswegen dieses Freisemester auch Praxissemester genannt wird. Dass aus dem „wäre" kein „ist" geworden ist, liegt daran, dass die Wahrnehmung einer solchen Auszeit, in der man vom Vorlesungsbetrieb befreit ist, zu bürokratisch, d.h. nicht flexibel genug gehandhabt wird. Es sollte doch z. B. kein Problem sein, statt eines ganzen, nur ein halbes Praxissemester zu beantragen, wenn das beispielsweise für ein spezielles Projekt, eine Expedition oder Ähnliches sich anbietet. Ist es aber!

Der Begriff der „Vorlesung" hat ja Gott sei Dank viel von seiner ursprünglichen Wörtlichkeit verloren. Trotzdem weiß jeder, dass ein Text, auch wenn er frei vorgetragen wird, langweilig und ermüdend präsentiert werden oder aber fesselnd, spannend, ja, unterhaltsam gestaltet sein kann. Gestaltet beinhaltet dabei sowohl die Formulierung als auch die Art der Präsentation. Als vor geraumer Zeit die „Evaluation" = Bewertung, Benotung von Lehrpersonen durch ihre Schüler oder Studenten – zunächst auf freiwilliger Basis – später dann von oben verordnet, eingeführt wurde, hat man manch Überraschendes über sich zu lesen bekommen. Allerdings, die Fragebögen, die den Beantwortern vorgelegt wurden, haben mit der Zeit sowohl in Art als auch Umfang beträchtliche Wandlungen durchgemacht. Wies das erste Exemplar, das mir im Rahmen einer Fortbildungsveranstaltung in die Hand gefallen war und das ich noch aus eigenem Antrieb meinen Studenten aushändigte, noch 75 Kriterien auf, welche mit Noten von 1-5 bewertet werden sollten, so hatte sich das zunächst auf 25 später auf 10 reduziert, als das ganze zur Pflicht wurde. Sinnvollerweise, muss man sagen, denn wenn die Studenten anfangs natürlich voller Elan über ihre Professoren zu Gericht saßen, so empfanden sie das sehr schnell eher als lästig – denn bewirkt hat es vermutlich in den wenigsten Fällen etwas. Erfreulich, dass am Ende der

Entwicklungsphase dieses Formblattes neben den Fragen nach Verständlichkeit des Vorgetragenen, Sprechweise usw. noch Raum gelassen wurde für einen individuellen Kommentar. Und da konnte ich einmal lesen: „Kann so schöne Geschichten erzählen". Das habe ich als ein ganz besonderes Lob empfunden, denn das waren selbst erlebte „Geschichten", die sich natürlich immer irgendwie auf das Fachliche bezogen, mit denen ich aber meine Zuhörerschaft wenigstens kurz wieder einfangen und für die nächste Formelherleitung motivieren konnte.

Im Rahmen der Selbstverwaltung an einer Fachhochschule, gibt es eine ganze Reihe von Pöstchen zu vergeben vom Prüfungskommissionsvorsitzenden über den Bibliotheksbeauftragten bis eben den Beauftragten für Fortbildung. Der war dann bemüht, zu Themen, von denen er glaubte, dass sie für uns von Wert und Interesse seien, Referenten zu gewinnen. Von ihnen sollten wir dann erfahren, was wir gegebenenfalls besser machen könnten, um teilweise eher trockenen Stoff an den Mann bzw. die Frau zu bringen. Gelegentlich war das tatsächlich ganz interessant, gelegentlich führte das aber auch dazu, dass ich anderntags meine Studenten damit begrüßte, dass ich ihnen sagte, sie könnten froh sein, dass ich nicht von manchen selbsternannten Pädagogikexperten verhunzt worden sei.

Mit der Zeit wurden die Angebote immer rarer. Daraufhin beschloss der bayerische Staat, ein eigenes Zentrum für Fortbildung für Professoren an Fachhochschulen einzurichten. (Nur ganz nebenbei: Es ist schon erstaunlich, dass man im Ministerium für Wissenschaft und Kunst offensichtlich glaubt, dass Universitätsprofessoren so etwas nicht nötig hätten).

Ich habe dreimal davon Gebrauch gemacht: Einmal ging es um die Frage, inwieweit es sinnvoll wäre, Vorlesungen auch fremdsprachlich anzubieten und wie das dann am besten anzupacken sei. Das zweite Mal galt die Thematik dem damals noch relativ neuen Internet und den Möglichkeiten, eine eigene website zu erstellen. Im ersten Fall reizte es mich einfach, wieder einmal englisch zu parlieren (ich habe dann auch eine Wahlveranstaltung „Technisches Englisch", speziell bezogen auf unsere Fachrichtung, angeboten). Den größten Nutzen habe ich bei beiden Veranstaltungen darin gesehen, dass man Kollegen von anderen Fachhochschulen treffen und mit ihnen Erfahrungen austauschen konnte, und das hinsichtlich der konkreten Thematik, mehr aber noch bezüglich aller möglichen Fragestellungen. Die Zusammenkünfte waren in aller Regel auf 2 Tage angelegt, so dass sich in den Pausen, beim Mittagessen und beim abendlichen Beisammensein ausreichend Gelegenheit zu informativen Gesprächen bot.

Die letzte Fortbildungsveranstaltung, die ich besucht habe, wurde unter dem Schlagwort „Sprechtechnik" angeboten. Objektiv gesehen, machte das nicht mehr viel Sinn, denn ich hatte nur noch wenige Jahre bis zur Pensionierung. Allerdings halte ich eine diesbezügliche Schulung im frühen Stadium des Professor-Werdens durchaus für sinnvoll. Nach 4, manchmal sogar 6 Stunden Vorlesung hintereinander, ist man körperlich und geistig ziemlich ausgezehrt und die Stimme leidet dabei am meisten – insbesondere bei falscher Sprechweise.

Ein typischer Fehler, den ich bis zum Ende meiner Laufbahn nicht ablegen konnte, besteht darin, dass man sich in der Lautstärke dem Geräuschpegel seiner Zuhörerschaft in der gleichen Richtung anpasst. Nach 4-5 Stunden ist man nicht nur als Vortragender am Limit, auch die Studenten werden zunehmend unkonzentriert und unterhalten sich gerne einmal über das vergangene oder kommende Wochenende, vereinbaren eine Unternehmung für den heutigen Abend oder amüsieren sich schlicht über Gestik, Vortragsweise oder die Hemdfarbe dessen, der da vorne versucht, ihnen unverständliche Dinge verständlich zu machen. Auf dem Gymnasium hatten wir einen Erdkundelehrer, der das Spiel perfekt beherrschte: Je unruhiger und lauter wir Schüler wurden, desto mehr nahm er seine Lautstärke zurück. Das dauerte eine kurze Weile, aber dann war schlagartig wieder Ruhe. Ich hingegen schrie zum Schluss, als hätte ich ein Auditorium von 130 und nicht von 30 zu unterhalten.

Mich reizte das Thema Sprechtechnik aus einem ganz anderen Grund: Ich spielte zu dieser Zeit bereits seit einigen Jahren Theater – und da kommt der Stimme schließlich keine unbedeutende Rolle zu.

Ich kann mich nicht mehr an alle Übungen, Regeln und Ratschläge erinnern, die man uns nahe zu bringen versuchte. Ich weiß nur noch, dass ich allesamt als ziemlich kindisch und lächerlich empfand und leider konstatieren musste, dass sich Sprechtechnik nicht so ohne weiteres erschließt wie z.B. eine Schlägerhaltung beim Tennisspielen. Ein Zauberwort lautete „Fröscheln". Dabei werden die Lippen in rascher Folge mehrere Minuten lang in die unmöglichsten Konstellationen gebracht, woraus sich höchst erheiternde

Gesichtsgrimassen ergeben. Wallkürenhaft wallende Haarpracht bei einer „Fröschlerin" bzw. Bartkreationen der unterschiedlichsten Art bei männlichen Sprechtechniklehrlingen verstärkten dabei natürlich das idiotische Bild, das hier ausgewachsen Professoren und Professorinnen boten. Der Effekt dieser Übung sollte schließlich noch dadurch gesteigert werden, dass man neben dem Grimassenschneiden einen Tennisball mit einer Hand auf- und abhüpfen ließ.

Viel Erfolg habe ich mir davon nicht versprochen. Aber es war zweifelsohne außerordentlich amüsant, meinen mehr oder weniger eifrig übenden Kolleginnen und Kollegen zuzusehen. Wahre Begeisterung löste bei mir allerdings erst aus, als mein Blick aus unserem ebenerdigen Übungsraum durch die große Glasfront nach außen fiel: Da starrte vom gegenüberliegenden Haus ein älteres Paar ungläubig aus seinem geöffneten Fenster im ersten Stock auf die grimassierenden Gestalten unter ihnen. Es hätte nicht viel gefehlt, dann wären ihnen die Augen herausgefallen! Um sie aber nicht um den Genuss dieser ungewöhnliche Darbietung zu bringen, habe ich meinen Kollegen nichts von meiner Entdeckung erzählt.

Ähnlich ungläubige, ja, erschreckte Augen haben mich 2 Tage später angestarrt. Schließlich wollte ich meinen Studenten aufzeigen, dass ihr Professor auch noch im hohen Alter um Fortbildung bemüht war!

Der Professor und die Kommode

Freilich sollte man mit Verallgemeinerungen vorsichtig sein. Aber es steht zu vermuten, dass die Frau des Professors einen erheblichen Prozentsatz der Angehörigen des weiblichen Geschlechts repräsentiert. Zumindest hinsichtlich der Eigenschaft, welche dieser Geschichte zugrunde liegt.

Wie solche Zyklen zustande kommen, bzw. ob es sich überhaupt um Zyklen handelt oder ob die sogleich zu erläuternden Ereignisse dem Zufallsprinzip unterliegen, ob Wetterlage, ausgeprägtes gesundheitliches Wohlbefinden oder aber das Gegenteil, ob allzu lange andauernde ehelich Harmonie oder das Gegenteil wesentliche Parameter darstellen, ist – zumindest zu des Autors Wissen – noch völlig unzureichend erforscht. Wobei man allerdings konstatieren muss, dass das ja auch nichts ändern würde.

Tatsache ist jedenfalls, dass die Frau des Professors – völlig unvorgesehen und für den Professor gänzlich unerwartet – von dem Drang befallen wurde, an der Wohnung etwas zu ändern. Das konnte das Umstellen eines Möbelstücks ebenso sein wie das Umhängen eines Bildes oder das Umräumen von Büchern von einem Regal in ein anderes. Letzteres scheiterte indessen in der Regel daran, dass kein anderes Regal zur Verfügung stand. Ja, Sie vermuten richtig! Also musste ein neues Regal gebaut oder aber gekauft und aufgebaut werden. Im vorliegenden Fall waren es weniger Bücher, die nicht mehr am alten Platz geduldet wurden, sondern ein Sammelsurium von Gegenständen, welche die Dame des Hauses von einem Tag auf den anderen in ungebührlicher Weise störten, angefangen von alten Prospekten über Spiele bis zu Halstüchern, Handschuhen und Hummelfiguren. Für diese eine neue Bleibe zu finden, bot sich eine Kommode an, in deren Schubladen man nun diese das weibliche Auge beleidigenden Gegenstände würde verschwinden lassen können. (Die Möglichkeit der Restmülltonne wird dabei seltsamerweise überhaupt nie in Betracht gezogen).

Just, als die Professorengattin den Anblick der diversen friedlich herumliegenden Teile nicht mehr ertragen zu können glaubte, flatterte vom größten Möbelhaus in der Region ein Prospekt durch den Briefschlitz. Darin wurden sagenhafte Schnäppchen angepriesen von Couchgarnituren über Kinderzimmer bis hin zu einer Kommode. Der Abholpreis war in der Tat verführerisch. Dass man das schöne Stück selbst zusammenbauen musste – nun, das sollte ja keine Schwierigkeit sein!

Als die Dame des Hauses dem Herrn des Hauses ihre Idee unterbreitete – es ist wahrlich erstaunlich, welche Wandlungsfähigkeit in Frauen schlummert – tat sie dies mit in Gestik und Worten ungewohnt schmeichlerischer Art. Was bei ihrem Gatten unverzüglich Alarm auslöste. In 45 Jahren Ehe hatte er gelernt, den Tonfall solcher Vorstöße instinktiv zu erkennen. Und folglich hellwach und skeptisch den weiteren verbalen Einlassungen zu begegnen und vorsichtshalber in Abwehrstellung zu gehen. Als schließlich nach einer eher verschleiernder Einleitung, ergänzt durch Fangfragen wie „Findest du nicht, dass wir für dieses und jenes einen festen Platz haben sollten" – das fand der Professor übrigens nicht nur für dieses und jenes, sondern ganz allgemein, z.B. dafür, dass das Salz, der Kartoffelschäler oder die Gartenschere immer am gleichen Platz sein sollten – feststand, dass Madame eine Kommode anzuschaffen gedachte, stellte er zunächst das beschränkte Platzangebot für die Aufstellung eines solchen zusätzlichen Möbels in Frage. Nachdem dieses Argument durch die Übertragung der im Prospekt angegebenen Maße in die Natur, sprich das Wohnzimmer, entkräftet war, fiel es dem potenziellen Zusammenbauer der Kommode schwer, weiter Gründe für eine Ablehnung des Herzenswunsches seiner Frau aufzubieten.

Wenige Tage später war man demnach auf dem Weg zum ortsansässigen Möbelhaus, welches ursächlich verantwortlich dafür war, dass der Prospekt in die Hände der Kommodenbefürworterin gefallen war. Man war mit dem Campingbus angereist, um den Transport ohne Probleme bewältigen zu können. Diese Sorge erwies sich allerdings als verfrüht: Man erklärte den beiden, dass die Lieferzeit ca. 6 Wochen betrage. Es wurde der Kaufvertrag geschlossen, eine Anzahlung von 30% geleistet und seitens des Möbelhauses die Telefonnummer notiert, um sofort Nachricht geben zu können, wenn die Ware zur Abholung bereit läge.

Der Professor war's zufrieden. Um diese Zeit würden sie ohnehin in Urlaub sein.

Was sich als Irrtum erweisen sollte.

Der Anruf kam bereits nach 4 Wochen. Zum Abholen war die Anwesenheit der Gattin ja nicht erforderlich. So fuhr er anderntags allein, nachdem er im Internet recherchiert hatte, dass die Öffnungszeiten des Möbelhauses 9 – 20 Uhr waren, beim Möbelhaus vor, ergatterte den dem Ausgang nächstgelegenen Parkplatz, da er gut 10 Minuten vor Öffnung vor Ort war und verstaute 3 unerwartet schwere Pakete in seinem Bus. Die Übereile rührte nicht davon her, dass er darauf brannte, sich in den angesichts des neuen Möbels glücklichen Augen seiner Frau zu sonnen, sondern er wollte sich lediglich der Aufgabe schnellstmöglich entledigen, um sich wieder vernünftigen Dingen zuwenden zu können. Allerdings – auch darin sollte er sich irren!

Zuhause angekommen, schleppte er die Pakete ins Wohnzimmer und das Werkzeug vom Dachboden und machte sich unverzüglich an die Aufbauarbeit. Er war gewohnt, um 12 Uhr zu essen und bis dahin wollte er fertig sein.

In der den Paketen beiliegenden Aufbauanleitung waren rechts oben auf der ersten Seite diverse Symbole abgebildet: 1 Hammer, 2 Schraubenzieher (was sich als Schlitz- und Sternschraubenzieher zwar nicht erkennen, aber interpretieren ließ), 1 männliche Symbolfigur und eine Uhr. Darunter stand: **50 Minuten.** Genauso, nämlich fett gedruckt. Die hölzernen Teile waren einzeln abgebildet und nummeriert. Ihre Anzahl betrug 15. In der Fußleiste waren die Hilfsmittel, also 1 Inbusschlüssel, Schrauben aller nur erdenklichen Spielarten, Nägel, Exzenter, Holzdübel bildlich dargestellt und mit Großbuchstaben gekennzeichnet. Außerdem war die jeweilige Menge und bei den Schrauben das Maß, also z.B. 3x30, angegeben. Anzahl der Einzelteile des Hilfsarsenals:14.

Auf Seite 2 und 3 war der Aufbauprozess schrittweise illustriert. Es schien eine leicht nachzuvollziehende und problemlos in der angegebenen Zeit zu absolvierende Arbeit.

Aus den angegebenen 50 Minuten wurden 2 Tage.

Der Zusammenbau der insgesamt 9 Schubladen erwies sich als unschwierig. Der Professor brachte lediglich die Griffe (von der Form eines Viertels einer Halbkugel) um 180° verdreht an, nicht, weil er die Gebrauchsanweisung nicht genau genug betrachtet hätte, sondern weil ihm dies vernünftiger erschien und er folglich annahm, dass man bei der Erstellung der Skizzen schlampig gewesen war. (Als die Kommode endlich ihr Endstadium erreicht hatte, korrigierte er übrigens nach Rücksprache mit seiner Gattin Meinung und Griffstellung).

Selbst der Rohbau des Gesamtkonstrukts, Seitenwände, Auflage und Unterbau schienen zur Zufriedenheit gelungen, wenn man von dem Umstand absieht, dass die Auflage noch einmal demontiert werden musste. Bei genauerer Betrachtung der Anleitung wurde nämlich ohne weiteres klar, dass die Zwischenstreben für die Führung der Schubladen nicht nachträglich angebracht werden konnten, sondern schon im Zuge des Zusammenfügens von Seitenwänden etc. berücksichtigt werden mussten. Das **genaue** Betrachten der Anleitung behielt sich der akademische „Handwerker" allerdings meist für den Fall vor, dass es ihm ganz offensichtlich zu sein schien, dass Teile bei der Lieferung gefehlt hatten oder vertauscht worden waren, die Anzahl der Schrauben in einem Päckchen nicht der Angabe entsprach bzw. überhaupt die ganze Anleitung fehlerhaft sein musste.

Immerhin hatte er in diesem Stadium die angegebene Zeit von 50 Minuten bereits gut um das Doppelte überschritten. Also waren nicht nur die Skizzen unklar, sondern auch die Zeitangabe entsprach nicht der Realität!

Wirklich kompliziert wurde es indes erst, nachdem die Führungsschienen für die Schubladen montiert waren – „das ist unglaublich, die Schrauben, die ich da laut Anleitung verwenden sollte, passen überhaupt nicht in die vorgegebenen Löcher!" Nachdem ja der Hersteller nicht zugegen war, musste sich zumindest die Verursacherin, also die Gattin, die bissigen Kommentare des Dr. Ing. gefallen lassen. Mit einiger Mühe ließen sich zwar letztlich die Metallgestänge, welche er an den Schubladen befestigt hatte, mit den Führungsschienen verbinden, die Schubkästen konnten geschoben werden – allerdings war ihr Weg ins Kommodeninnere aus unerfindlichen Gründen eingeschränkt. Auch gelinde Gewalt konnte die Kästen nicht in ihre vermutete Endposition, der Bündigkeit mit Deckfläche und Seitenteilen, bringen. Ganze 6 cm standen die Frontflächen der Schubläden über.

In diesem Moment besann sich der Professor seiner geistigen Überlegenheit: Er erklärte seiner Frau, dass er sich unter diesen Umständen außer Stande sähe, nur wegen der fehlerhaften Angaben des Herstellers seine wertvolle Zeit zu vergeuden, er legte sein Werkzeug beiseite – dass er es nicht beiseite warf, lag nur daran, weil er das selbst verlegte Parkett nicht beschädigen wollte – schenkte sich ein großes Glas Wein ein und verzog sich in sein Arbeitszimmer.

Er müsse für eine knappe Stunde einmal weg, unterrichtete der Professor anderntags – bereits von der geöffneten Haustüre aus, um lästigen Fragen vorzubeugen – beiläufig seine Gattin. Es sollte zumindest beiläufig klingen.

Im Möbelhaus war zu dieser frühen Stunde noch kaum Betrieb, so dass man ihm willfährig die Funktionsweise und Installation von Metallgestänge an den Schubladen und den Führungsschienen an den Seitenwänden am Ausstellungsobjekt vorführte.

134

Mit diesem Wissen ausgestattet, erwiesen sich plötzlich die in der Skizze vorgesehenen Schrauben nicht nur als tatsächlich passend, sondern auch leichter anzubringen und die Schubkästen ließen sich bis zum Anschlag versenken.

Die Dame des Hauses war sichtlich erleichtert, legte mit zwei Sektgläsern nahe, dass man das „Richtfest" gebührend würdigen müsse und der Professor nahm – wenn auch widerstrebend – einige der teils groben Anschuldigungen gegen den Hersteller im Allgemeinen und die Aufbauanleitung im Besonderen zurück. „Aber dort, wo es kompliziert wird, **ist** die Anleitung undeutlich!" Das musste noch gesagt werden.

Der Einfluss der Schreibwaren

Die Berggipfel rund um Garmisch-Partenkirchen hatten unserem Institut an der TH München schon seit einiger Zeit als wissenschaftliche Spielwiese gedient. Insbesondere diejenigen, die mittels einer Seilbahn leicht zu erreichen waren. Da gab es den Wank im Osten, Eckbauer und Kreuzeck im Süden und die Zugspitze im Südwesten. Im Norden bot sich der knapp 2000m hohe Kramer an, um ein Netz rund um den Garmischer Kessel aufzuspannen. Auf den allerdings führte keine Seil- und keine Zahnradbahn. Lediglich wenn wir die Forstbehörden würden beschwatzen können, ihre bis auf 1100m hinauf angelegte Forststraße benutzen zu dürfen, würde uns eine Stunde Schlepperei erspart bleiben. Aber Behörden im Allgemeinen und der Forst im Besonderen werfen mit solchen Ausnahmegenehmigungen nicht gerade um sich. Außerdem war dieser Forstweg durch eine Schranke gesichert, so dass auf jeden Fall der Schlüssel zu normalen Bürozeiten organisiert werden musste.

Es war die Zeit, als die ersten elektronischen Entfernungsmesser entwickelt wurden – damals noch Mikrowellengeräte, die mit einer Wellenlänge der Trägerwelle von 10 cm bis 8 mm arbeiteten. Die Infrarot- und Lasergeräte kamen erst in einer zweiten Entwicklungsphase. Wesentlicher und augenfälliger Unterschied zwischen diesen beiden Verfahren: Die Mikrowellengeräte waren wesentlich größer und schwerer und man benötigte zwei identische Geräte an den Endpunkten einer zu messenden Strecke. Die mit Lichtwellen operierenden Instrumente waren dagegen genügsamer – ihnen reichte ein Reflektor am Ende der Strecke, der das ausgesendete Licht wieder zur Ausgangsquelle zurückwarf, um im Prinzip eine Laufzeitmessung zwischen Aussende- und Empfangszeit durchzuführen und über die Lichtgeschwindigkeit daraus die Strecke berechnen zu können. Natürlich gab es aber auch weniger offensichtliche, substantielle Unterschiede. So wirkten sich die meteorologischen Bedingungen auf die Ausbreitungsgeschwindigkeit von Mikro- bzw. Lichtwellen sehr unterschiedlich aus. Und der Streukegel der Mikrowellen war im Vergleich zu den stark gebündelten Lichtwellen weit größer, so dass es zu Reflexionen kam, die das Ergebnis verfälschen konnten. Diese Gefahr bestand bei unseren Messungen von Gipfel zu Gipfel natürlich nicht und somit konnten hier in hervorragender Weise Genauigkeitsuntersuchungen durchgeführt werden.

Ich war erst vor wenigen Monaten nach einem zweijährigen Zwischenspiel in Kanada zurückgekehrt und hatte am Institut eine Stelle als wissenschaftlicher Assistent angetreten. Da herrschte am nach-mittäglichen Kaffeetisch große Aufregung: Die Engländer hatten uns zu Probemessungen zwei Tellurometer MRA 4 zur Verfügung gestellt, das damals mit 3 mm Grundgenauigkeit präziseste Instrument, das in Kürze auf den Markt kommen sollte. Und nun hatte es der Zoll am Münchner Flughafen in Verwahrung und wollte es nicht herausrücken. Die Telefone waren schon heiß telefoniert, aber irgend so ein Formular-Fürst stellte sich stur. Warum denn nicht einfach jemand hinausfahre zum Flughafen, um die Geräte zu holen, erlaubte ich mir, zu fragen. Die Frage wurde mit ungläubigem Staunen quittiert. Ob ich das gegebenenfalls tun würde und wie ich das denn bewerkstelligen wolle? Auch im so freiheitlich gepriesenen Kanada gäbe es bürokratische und andere Betonköpfe, sagte ich, und dass ich mit allen fertig geworden sei. Als ich nach 1 ½ Stunden mit den Instrumenten zurück kam, war man so begeistert, dass ich spontan in die Erprobungsexpedition nach Garmisch aufgenommen wurde. Und nachdem man überdies über meine bergsteigerischen Vorlieben bescheid wusste und man – nicht ganz zu Unrecht – annahm, dass ich an das Tragen von schweren Rucksäcken gewohnt sei, wurde ich ohne große Diskussion für den Kramer auserkoren.

Das in allen Variationen – also vielfach überbestimmt – ausgemessene Netz wurde schließlich einer Ausgleichung unterzogen. Das ist ein von Gauss entwickeltes mathematisches Verfahren, das auf der Wahrscheinlichkeitsrechnung beruht und für die Punktkoordinaten die wahrscheinlichsten Werte liefert. Die so mit hoher Genauigkeit gewonnenen Ergebnisse sollten nun über die reinen Instrumentenuntersuchungen auch für Lotabweichungsbestimmungen genutzt werden. Während für lokale Vermessungsaufgaben das Arbeiten mit ebenen Koordinaten ohne Genauigkeitsverlust durchaus zulässig ist, dient bei weiträumigen Vermessungen, wie der Landesvermessung, ein in seiner Größe, Lage und Orientierung definiertes Ellipsoid als Rechenfläche. Die Erde ist aber nur näherungsweise ein Ellipsoid. Vergleicht man nun für einen Punkt die auf dem Ellipsoid gerechneten Koordinaten Breite B und Länge L mit den die tatsächliche Lotrichtung repräsentierenden Werte φ und λ, so nennt man die Differenzen „Lotabweichungen". Sie können wegen der offensichtlichen irregulären Massenzustände speziell im Hochgebirge recht groß werden. φ und λ werden dabei über astronomische Beobachtungen gewonnen. Für alle über mechanische Aufstiegshilfen zu erreichenden Punkte waren diese Beobachtungen bereits durchgeführt worden. Nur der Kramer war noch astronomisch jungfräulich. Wenn ich dazu also einmal Lust hätte...

Es ist ein herrlicher, wolkenloser Spätsommertag. Das heißt auch, dass man sich um diese Jahreszeit auf eine stabile Wetterlage verlassen kann und nicht mit den im Gebirge üblichen nachmittäglichen Quellwolkenbildungen oder gar Gewittern rechnen muss. Als ich unseren Werkmeister frage, ob er sich vorstellen könne, die heutige Nacht auf einem Berggipfel zu verbringen, schaut er mich zwar zunächst etwas prüfend an, nachdem ich ihm aber mein Vorhaben erklärt habe, ist er mit Freuden dabei. Ich stelle das Instrumentarium zusammen: Ein Nivelliergerät Ni2, einen Astrolabvorsatz, eine Präzisionsuhr, ein Stativ, zwei Stirnlampen. Mehr brauche ich nicht für die vorgesehene Beobachtungsmethode. (Mit einem Astrolab werden die Sterne unter einem festen Höhenwinkel, einem sog. Almukantarat beobachtet. Der Vorteil: Die einzige Messgröße ist die Durchgangszeit des Sterns durch den Horizontalfaden). Dann lasse ich mir noch für die Zeit von 21 Uhr bis 3 Uhr mit dem Vorbereitungsprogramm die ungefähren Einstelldaten für geeignete Sterne berechnen. Um 14 Uhr sitzen wir im Auto nach Garmisch.

Der Forstbehörde einen Bittbesuch abzustatten, spare ich mir. Das gäbe, falls man uns überhaupt eine Sondererlaubnis zubilligen wollte, ohne den Antrag drei Wochen vorab über den Dienstweg bei der obersten Forstverwaltung gestellt zu haben, nur Probleme mit der Rückgabe des Schlüssels für die Schranke. Aber in einem Kramerladen erwerben wir noch zwei Fläschchen Bier für die Gipfelbrotzeit und eine Flasche Obstler als Gefrierschutzmittel für die Stunden nach Mitternacht. Und da beweist sich, dass mein Werkmeister nicht nur um etwa zehn Jahre älter, sondern auch um zehn Jahre erfahrener ist als ich. „Können Sie uns dafür eine Rechnung über Schreibwaren ausstellen?" fragt er den Kramerladenbesitzer. „Versteh scho", sagt der Kramer, „euer Spesenabrechnung, gell?"

Durch die Flaschen sind unsere Rucksäcke zwar etwas schwerer geworden, aber ansonsten ist das Gewicht erträglich. Jedenfalls kein Vergleich mit dem Tellurometer von vor ein paar Monaten. Am unangenehmsten ist das Stativ, weil es immer wieder unter der Rucksacklasche verrutscht.

Wir sind noch eine knappe halbe Stunde unter dem Gipfel, als sich die Sonne hinter dem Friederberg-Massiv verabschiedet. Eine wundervoll friedliche Ruhe umgibt uns, der anfängliche Wind ist eingeschlafen, einige Dohlen umkreisen uns in der Hoffnung, noch ein paar uneingeplante Happen zu erhaschen. Nachdem das Stativ zentriert und das Instrument montiert ist, genießen wir unsere abendliche Brotzeit, staunen in die dunklen Nordwände des Wetterstein- und Waxensteinkammes hinüber – in so mancher Route habe ich da schon gegen die Schwerkraft angekämpft. Tief unter uns, in Garmisch und Grainau beginnen die Lichter zu leuchten, das helle Rot des Himmels im Westen weicht allmählich einem dunklen Violett, dann einem kalten Blau. Auch uns wird es allmählich kalt und wir schlüpfen in die Pullover. Die ersten Sterne zeigen sich und gegen 21:30 Uhr beginne ich mit einer ersten Messreihe von ca. ½ Stunde.

Den Durchgang des Sterns durch den Horizontalfaden zeitlich exakt zu erfassen, bedarf es uneingeschränkter Konzentration. Mein Partner notiert im Schein der Stirnlampe die Daten. Erst danach habe ich wieder Augen für das gewaltige Sternenzelt und die schwarzen Kulissen der benachbarten Berge. Ein leichtes Lüftchen weht uns zusätzliche Kühle unter das Hemd und lässt uns nach Anorak bzw. Daunenjacke kramen. Und erinnert uns an unseren Schreibwaren-Einkauf! Ein Schlückchen Gefrierschutzmittel, dann nehme ich die nächste Messreihe in Angriff.

Es ist beinahe 3 Uhr, als wir nach 7 Messreihen unser Instrumentarium wieder in und auf den Rucksäcken verstauen und uns im Schein der Stirnlampe ins Tal hinunter tasten. Irgendwo stören wir einigen Hirschen die Nachtruhe. Es dämmert schon, als wir unsere Utensilien im Auto verstauen.

Am Morgen des folgenden Tages mache ich mich sofort an die Auswertung. Natürlich ist man bei jeder Messung gespannt, was das Rechenergebnis bereit hält, ob die Kontrollen passen, wie die statistische Aussage zur erreichten Genauigkeit ausfällt, ob irgend ein unerklärlicher Ausreißer eliminiert werden muss. Aus Gründen der sich mit den meteorologischen Daten ändernden Refraktion, werte ich jede Messreihe für sich aus, erhalte also für jede eine separate Aussage über die erreichte Genauigkeit. Und da mache ich eine verblüffende Feststellung: Die erste und die letzte Messreihe zeigen signifikant die schlechtesten Ergebnisse. Die Verblüffung ist allerdings von kurzer Dauer. Bei der ersten Messreihe war offensichtlich noch eine gewisse Nervosität im Spiel, die sich dann unter dem Einfluss der

„Schreibwaren" legte. Die letzte Messreihe war dann offenbar von ein bisschen zu viel „Schreibwaren" beeinflusst!

Die Folge „wänziger Schlocke"

Wer kennt sie nicht, die herrliche Geschichte von der „Feuerzangenbowle". Und wer würde sich nicht erinnern an einen glänzend aufspielenden Heinz Rühmann als Hans Pfeiffer – „Pfeiffer mit 3 F" – in dem liebenswerten Schwarz-Weiß-Film. Nicht zu vergessen die köstlichen Überzeichnungen der Lehrerschaft, angefangen von dem gestrengen, nach theoretischer Pädagogik agierenden Prof. Crey alias „Schnauz" über den sich selbst nicht ernst nehmenden Physik-„Bömmel" bis zu dem leicht überforderten Oberschulrat. Und in dieser Parade-Komödie sollte ich mein Schauspiel-Debüt geben – in der Parade-Rolle eben dieses Prof. Crey, dessen alljährlicher schulischer Höhepunkt die Erklärung der alkoholischen Gärung war.

Mir war dabei in zweifacher Hinsicht nicht wohl. Erstens hatte ich tatsächlich, abgesehen von der Rolle des Joseph bei einem Krippenspiel in der Volksschule, keinerlei Theater-Erfahrung und außerdem konnte ich mir nicht vorstellen, dass man neben diesem wahrlich gut gelungenen Film würde bestehen können. Beide Bedenken erwiesen sich als unbegründet, die Presse feierte mich als den „besten Schnauz seit Erich Ponto" und der Regisseur hatte eine Meisterleistung vollbracht, indem er einerseits nicht versuchte, den Film zu imitieren und andererseits die bestehende Theaterfassung so zusammengestrichen hatte, dass sie die oberste Forderung an eine Komödie – „keinesfalls über 2 Stunden" – ausreichend berücksichtigte.

Die „Feuerzangenbowle" war bereits seit einigen Jahren Kult in dem kleinen Theater Chambinzky in Würzburg. Da kam der Intendant auf die Idee – oder hatte er eine Anfrage erhalten – mit diesem Stück auf Tournee zu gehen. Das bezaubernde, ganz in Holz gehaltene Ekhof-Theater in Gotha, laut Wikipedia das älteste Hoftheater Deutschlands, das Große Haus in Gera mit seinem barock-zylindrischen Zuschauerraum und das Schlosstheater in Saarbrücken waren unser Ziele. Abgesehen davon, dass das für ein so kleines Privattheater ein gewaltiges logistisches Problem darstellte, habe ich diese Tournee-Zeit sehr genossen: Jede Bühne, mit seinen ungewohnten Abmessungen und sonstigen versteckten Eigenheiten, stellt eine Herausforderung dar, erfordert ein sich Einstellen auf die neuen Gegebenheiten. Das Ensemble ist noch stärker als sonst darauf angewiesen, zusammenzuarbeiten und zusammenzuhalten. Das beginnt beim Aufbau und endet beim Abbau – und verlangt oft genug gegenseitiges Aushelfen während der Vorstellung, falls der Mitspieler aus Gewohnheit wie auf der heimatlichen Bühne nach hinten abgehen möchte, obwohl er unter den aktuellen Voraussetzungen seitlich zu verschwinden hat.

Ja, es war eine schöne, aufregende Zeit, diese wenigen Tage und Wochen auf Tournee. Wenn ich mir allerdings vorstelle, dass man da als Profi unter Umständen jahrelang mit bestimmten Stücken, Musicals oder Konzertarrangements unterwegs ist, kann ich mir schon vorstellen, dass so etwas zu einem Horror-Trip und auch langweilig werden kann, immer die gleichen Kollegen und –innen in den immer gleichen Aufführungen!
Einmal bin ich übrigens kurzfristig eingesprungen, bei einem solchen Tournee-Theater. Und zwar als Crey in der Feuerzangenbowle, obwohl ich diese Rolle schon seit vielen

Jahren nicht mehr gespielt hatte. Es ist – ganz nebenbei bemerkt – wirklich erstaunlich, wie schnell sich der Text da, in einem hinteren Hirn-Regal abgelegt, wiederfindet. Es war, so hatte ich den Eindruck, für die Truppe eine willkommene Abwechslung, vor allem, weil ich, wie man mir bestätigte, die Rolle ganz anders auf die Bühne brachte als die Originalbesetzung.

Solcher stimulierenden Abwechslungen bedurfte es bei uns noch nicht. Die schafften wir auch allein!

Unser Oberschulrat hatte nur noch ein Jahr bis zu seinem 80sten. Er verkörperte konziliante Liebenswürdigkeit gepaart mit einem Hauch geistiger und körperlicher Gebrechlichkeit, wie das die Rolle verlangt, auf ideale Weise. Allerdings musste man als Mitspieler auf der Hut sein, denn da konnte es schnell einmal passieren, dass entweder ein Satz fehlte oder aber zu einem späteren Zeitpunkt eher unpassend nachgeschickt wurde. Dem Publikum fiel so etwas natürlich nie auf, weil das einfach in die Rolle passte, aber als Partner musste man doch einigermaßen flexibel sein. Außerdem war Peter, wie ich ihn nennen will, einem Glas Wein nicht abhold. Dass ich auf das Prädikat „gut" vor Wein verzichtet habe, ist dabei kein Versehen meinerseits. Seine bevorzugte Marke war ein süßliches Produkt aus Mazedonien. Was gegebenenfalls einer Modifikation bedürfte ist das Zahlwort „ein" vor Glas. Und nachdem ihm niemand dieses Gesöff streitig machte, blieb es in der Regel auch nicht bei einem.

Das Theater im Schlosskeller von Saarbrücken hat mit seinen 130 Sitzplätzen eine intime Atmosphäre, wie wir das von unseren eigenen Spielstätten her gewohnt waren. Und ein Kellertheater verbreitet überdies ein leicht gruseliges, uriges Flair. Die unmittelbare Nähe zum Zuschauer bei solchen kleinen Bühnen ist eine Herausforderung, welche den Profis von den großen Häusern vermutlich völlig fremd ist. Unzweifelhaft hat es aber den Vorteil, dass man mit wenig Gestik und Mimik wesentlich mehr ausdrücken kann, als das der Kollege vermag, dessen Publikum über Entfernungen von 10-80 m verteilt platziert ist.

Wir hatten vergleichsweise früh Zutritt erhalten, hatten die altehrwürdigen, schweren Schulbänke mit ihren Klappsitzen herein und hinunter geschleppt, die Kulissen der Bühne bestmöglich angepasst, die Beleuchtung eingerichtet. Nun blieb noch genügend Zeit, um sich im Hotel einzurichten und in aller Ruhe gemeinsam oder individuell etwas Essbares zu sich zu nehmen. Dabei hat jeder seine eigene Methode, der allmählich aufkeimenden Anspannung durch den Akt des Essens entgegenzuwirken. Während der eine seinem Magen maximal ein dünnes Süppchen zumutet, würde der andere sich unwohl fühlen, wenn er sich nicht an einer Schweinshaxe mit 2 Knödeln oder einem über den Tellerrand hinausragenden Schnitzel mit einer Zusatzportion Pommes frites für den Auftritt gerüstet hätte. Besonders dogmatisch geben sich die Kollegen und Kolleginnen beim Thema Alkohol: Schwört der eine auf die beruhigende Wirkung eines Gläschens Wein vor der Vorstellung, würde der andere sich nicht mehr auf die Bühne trauen, wenn er daran gerochen hätte.

Besonders schwierig wird es auf der Bühne selbst, wenn es darum geht, den Genuss von alkoholischen Getränken zu mimen – oder tatsächlich zu zelebrieren. Wenn das Stück beispielsweise in einer Szene ein Zechgelage oder zumindest einen begleitenden Schluck Wein zu einem gleichzeitig gereichten Snack, einem heftigen Streitgespräch oder einem Flirt verlangt. Dann bergen solche gegensätzlichen Grundsätze der beteiligten Schauspieler durchaus ein beträchtliches Konfliktpotential. Ich für meine Person habe einen Schluck Weißwein verwässertem Apfelsaft oder Rotwein einem Gebräu aus schwarzem und Malven-Tee, welches man dann doch selbst aus der hintersten Reihe noch als solches identifizieren konnte, vorgezogen. Ganz generell stellt Essen und Trinken auf der Bühne in vielerlei Hinsicht ein gewisses Problem dar. Da ist zunächst die logistische Seite: Eine Suppe sollte warm sein, ja am besten dampfen. Folglich bedarf es einer Möglichkeit die Suppe hinter der Bühne aufzuwärmen. Das sollte aber tunlichst so abgeschirmt sein, dass der Duft nicht bereits den Zuschauerraum erfüllt, ehe die Suppe kredenzt wird. In der Regel ist die Suppe ja aber nur ein Requisit, das nicht notwendigerweise auch seiner Bestimmung zugeführt wird. In „Die Physiker" von Dürrenmatt, isst beispielsweise Newton seine Leberknödelsuppe mit Genuss zu Ende, um sich sogleich dem nächsten Gang – Poulet à la broche – zuzuwenden, während Einstein (das war zu meinem großen Bedauern ich) lediglich zwei Löffel voll vergönnt waren, dann musste er sich wieder auf seinen Text konzentrieren. Die Suppe steht nun aber immer noch herum, muss in irgendeiner Weise möglichst unauffällig entsorgt werden und stellt, solange dies nicht geschehen ist, eine ständige Gefahr für den weiteren Spielbetrieb dar. Übrigens – einmal war ich froh, dass ich die Suppe nicht **ganz** essen **musste:** Derjenige, der für das Aufwärmen der Suppe verantwortlich war, hatte geschlafen und als er es bemerkte, war es bereits zu spät. So servierte er uns eine kalte Suppe. Haben Sie schon einmal eine kalte, mit Fettaugen verzierte Suppe zu sich genommen? Nein? Ich kann es Ihnen auch nicht empfehlen. Es ist schlichtweg scheußlich. Wirklich dramatisch wird es aber erst, wenn Ihnen das Fettauge am Gaumen klebt und das Sprechen behindert.

Ja, das stellt eine generelle Gefahrenquelle dar: Irgendjemand wird bestimmt oder erklärt sich freiwillig dazu bereit, zu jeder Vorstellung 2 hart gekochte Eier, einen Hühnerschenkel oder Zitronencremebällchen mitzubringen! Was aber, wenn der löbliche Vorsatz durch irgendein Vorkommnis in den Hintergrund getreten ist? Man kann den Loriot-Sketch mit dem Frühstücksei nun einmal schlecht ohne dieses wesentliche Requisit spielen. Falls es früh genug bemerkt wird, kann man noch schnell telefonisch bei in der Nähe wohnenden Schauspielkollegen um Hilfe rufen, aber ansonsten? Nun, nachdem ich selbst an dieser Szene beteiligt war, wollte ich kein Risiko eingehen und hatte mich verpflichtet, selbst für den Eiernachschub zu sorgen. Es ist auch über mehr als 30 Vorstellungen gut gegangen. Als wir aber in „Hitlers Schädel" von Wolfgang Schulz Leberkäse anstelle von Tofu kredenzt bekamen, lag die Vermutung nahe, dass der Leberkäse eine verzweifelte Notlösung war.

Aber zurück zum Schlosskeller in Saarbrücken. Wir hatten uns auf die Vorstellung gefreut, wir waren gut drauf und wir hatten den Eindruck, dass das Publikum begeistert war. Ich kam gerade nach der Szene, in der ich die „Jungfrau von Orleans" mit verteilten Rollen hatte lesen lassen, von der Bühne, als mir meine Mitspieler, die gerade nicht beschäftigt waren, mit sorgenvollem Gesicht erklärten, dass der Oberschulrat nicht aufzufinden sei. Er wurde ja erst im Schlussakt benötigt, aber normalerweise fand er sich wenigstens kurz vor der Pause ein. Es war kurz vor der Pause! Man empfahl mir, der ich schließlich den Hauptdialog mit ihm zu führen hatte, schon einmal zu überlegen, wie wir die Schlussszenen ohne Oberschulrat über die Bühne bringen könnten. Pfeiffer und ich machten uns tatsächlich Gedanken, während der Rest des Ensembles in der Pause ausschwärmte, um die umliegenden Kneippen nach unserem Oberschulrat zu durchforsten.

Kurz nach der Pause musste ich bereits wieder in Aktion treten, so dass ich über Erfolg oder Misserfolg der Kneippen-Expedition nicht informiert war. Als ich meinen Teil erledigt hatte und wieder hinter die Bühne kam, wurde mir die erfreuliche Mitteilung gemacht, dass man erfolgreich gewesen sei. Der Oberschulrat sei gefunden. Meine Erleichterung erfuhr allerdings sogleich einen Dämpfer: Der Peter sei seinerseits fündig geworden hinsichtlich seines süßen mazedonischen Gesöffs und dem habe er in beträchtlichem Maße zugesprochen. Nun ja, an eine gewisse Textunsicherheit beim Oberschulrat, sei es nun alkoholisch- oder altersbedingt, war ich gewöhnt. Insofern überwog trotzdem die Erleichterung.

Sie erinnern sich sicherlich der letzten Szene: Pfeiffer hatte beim Schnauz die Uhren zurückgestellt und hielt statt seiner den Chemieunterricht. Ausgerechnet in dieser Stunde will sich der Oberschulrat ein Bild von der Lehrmethode des Prof. Crey alias Schnauz verschaffen. Dazu kommt er in Begleitung des Direktors in das Klasszimmer und wird sofort zu einem bereitgestellten Stuhl geführt. Er hat lediglich zu sagen „Lassen Sie sich nicht stören, Herr Kollege", um dann den Ausführungen des vermeintlichen Crey über die Kerzenflamme zu lauschen. Das Drama beginnt, als der verspätete Original-Schnauz ins Zimmer gestürmt kommt und sich der Oberschulrat mit zwei Creys konfrontiert sieht. Ab diesem Moment ist auch Text des Oberschulrats gefordert. Dessen war er sich offensichtlich bewusst und er lieferte auch fleißig ab. Wo er aber ansonsten gerne einmal einen Nebensatz vermissen ließ oder die Reihenfolge seiner wenigen Sätze variierte, erstaunte er uns mit völlig neuen Passagen, deren Sinn auch schwer nachzuvollziehen war. Peiffer und ich bemühten uns nach Kräften darauf zu reagieren, ohne dabei unseren Text ganz zu vernachlässigen und dem Bömmel gelang es schließlich, die ungewohnte Redseligkeit des Oberschulrats zu unterbinden, indem er ihn mit sanfter Gewalt durch die Klassenzimmertür entließ. Zwar war unser Problem damit noch nicht ganz gelöst, weil alle, die auf der Bühne waren, damit zu kämpfen hatten, nicht lauthals herauszulachen, aber immerhin hatten wir die Situation bestmöglich überstanden. Wir hofften nur, dass das Publikum den Zustand unseres wackeren Oberschulrats nicht gar zu ungnädig würde aufgenommen haben. Denn dass dieser Zustand als solcher erkannt worden war, dessen waren wir uns sicher.

Am darauffolgenden Abend hatten wir noch eine weitere Vorstellung in einem benachbarten Ort, so dass wir unser Quartier in Saarbrücken beibehielten. Zwei Tage nach der Vorstellung konnte man eine Kritik in der Lokalzeitung erwarten. Und sie erwartete uns am Frühstückstisch. Die Aufführung wurde in den höchsten Tönen gelobt, aber es las sich so, als wäre nur ein Mann auf der Bühne gewesen: Unser Oberschulrat, der mit einer „genialen schauspielerischen Leistung den Erfolg garantiert" hatte!

Vom gleichen Autor erschienen

Der Erzähler

Bei seinen weitgehend autobiografischen Erzählungen
scheint seine ehemalige berufliche Tätigkeit als Professor
für Vermessungstechnik ebenso durch wie seine alpine Vergangenheit und seine vor 20 Jahren geweckte schauspielerische Leidenschaft.

Verlag: BoD
ISBN 978-3-8370-3264-2

*Wer Herbert Ludwig jemals live als Festredner oder Schau-
spieler erlebt hat, weiß, dass bierernste Reden mit abgedro-
schenen Phrasen so gar nicht sein Ding sind.*

*Vielmehr glänzt der ehemalige Professor für Vermessungs-
technik durch hieb- und stichfeste Ansagen – unterstrichen
mit meist feinsinnigem, manchmal aber auch derbem Humor.*

*So auch in seinem neuen Buch. Mit seiner Meinung über
Berufe, Politik, Vereinsleben und alltägliche Begebenheiten
hält er nicht hinterm Berg.*

*Dies aber immer so, dass es niemanden verletzt. Stets nach
dem Motto: Humor ist, wenn man über sich selbst lacht.*
(Mainpost)

Wenn einer eine Reise tut…
… so kann er was erzählen

Herbert Ludwig, ehemaliger Professor für Vermessu technik an der Fachhochschule Würzburg erzählt spannend und mit Humor über Reisen als Jugendlicher und als Verliebter, allein und mit seiner Frau, im Urlaub und beruflich, immer aber ein bisschen abenteuerlich, denn nichts wäre ihm ein größeres Gräuel als zwischen „nivea-gesalbten Neckermännern" in der Sonne braten zu müssen. Der Leser wird von ihm in die heimatlichen Berge, nach Griechenland und Sardinien ebenso entführt wie nach Alaska, in die Atacama und nach Usbekistan.

Verlag: BoD
ISBN 978-3-8391-0657-0

…Reisefieber. Auch Herbert Ludwig hat es erwischt. Ob per Anhalter nach Schottland, mit dem Camper nach Alaska oder mit einem uralten Käfer nach Griechenland, kein Weg ist ihm zu bescherlich und kein Ziel zu gefährlich. Belohnt wird er dafür mit Erlebnissen, die in keinem anderen Reisetagebuch zu finden sind. Die Geschichten, die er von seinen zahlreichen Touren um die ganze Welt zu berichten hat, zeugen von einer nie zu stillenden Abenteuerlust. Sie singen ein Lied von Freiheit und Neugier, meist ist Kühnheit und manchmal vielleicht auch etwas Leichtsinn dabei, aber allesamt haben sie eines gemeinsam: Sie sind einzigartig…Ob als Strand- oder Bettlektüre „Wenn einer eine Reise tut…so kann er was erzählen" ist unterhaltsam und wirkt zweifach: Es stillt humorvoll das Fernweh und verführt gleichzeitig dazu, selbst aufzubrechen.
(Pressetext, BoD-Verlag)

Mit Seil und Haken oder
Als der Friend noch ein Fremdwort war
2. Auflage

Sicher, ein alpines Buch, das aber kaum von der Schilderung schauriger Erlebnisse über grausigen Abgründen handelt, sondern hauptsächlich eine unterhaltsame Lobeshymne auf das unerklärliche Vergnügen singt, das Menschen an der Schinderei in den Bergen empfinden.

Verlag BoD
ISBN 978-3-8391-1186-4

Manfred Sturm schrieb in der DAV-Zeitschrift Panorama zur 1. Auflage:

Ludwig war in seiner Jugend ein „Extremer". Umso angenehmer fällt es auf, dass auf keiner Seite vom Kampf auf Leben und Tod die Rede ist... Dagegen widmet Ludwig einige Seiten dem, was aus Bergsteigersicht eher am Rande geschieht: der Freundin, der Familie, dem Häuslebauen, den Vaterfreuden, freundlichen und weniger freundlichen Hüttenwirten, vor Allem aber seinen Kameraden... Für alle, die noch ein Gespür für Romantik haben und für die das Gebirge nicht nur aus Bergen besteht, ist es schön, dass es dieses Büchlein gibt.

Mein Vergehen wider die BH-Industrie

Kurzgeschichten, allesamt aus dem Leben gegriffen, das der heiteren Seite einen hohen Stellenwert zumisst.

Verlag BoD
ISBN 978-3-8423-1317-0

Das sagt einiges aus: Zwei Kollegen, die das neue Buch von Herbert Ludwig „ Mein Vergehen wider die BH-Industrie “ auf dem Schreibtisch liegen sehen und es durchblättern, fragen an, ob sie es mal ausleihen dürfen. Die wenigen Zeilen, die sie überfliegen, machen Lust auf mehr.

Der Autor ist ein Tausendsassa, der im Verlag BoD (Books on Demand) bereits mehrere Werke veröffentlicht hat. In „ Der Erzähler “ schildert er Erlebnisse als Würzburger FH-Professor für Vermessungstechnik, als Alpinist und Laienschauspieler. Selbsterklärend ist der Titel von Buch Nummer zwei „ Wenn einer eine Reise tut ... so kann er was erzählen “; der Band „ Mit Seil und Haken “ ist eine Lobeshymne auf die Bergsteigerei.

Elemente aus allen drei Vorläufern finden sich auch in Ludwigs neuem Werk, das den vielversprechenden Titel „ Mein Vergehen wider die BH-Industrie “ trägt ... Der Autor berichtet auch hier von seinem bunten, abwechslungsreichen Leben, das ihn bei Reisen und Arbeitseinsätzen auf viele Kontinente und als Bergsteiger in schwindelerregende Höhen geführt hat. Er tut dies auf amüsante Art und Weise und ohne ein Blatt vor den Mund zu nehmen.

(Mainpost)

Herbert Ludwig, geb. 1940 in Quedlinburg, Professor für
Vermessungstechnik i.R., Schauspieler, Bergsteiger …